趕集

雖寫盡底層人物的疾苦，卻摻雜幽默諷刺在其中

目錄

五九……007
熱包子……013
愛的小鬼……021
同盟……031
大悲寺外……049
馬褲先生……077
微神……087
開市大吉……107

歪毛兒……119
柳家大院……137
抱孫……155
黑白李……171
眼鏡……195
鐵牛和病鴨……209
也是三角……227

序

這裡的「趕集」不是逢一四七或二五八到集上去賣兩隻雞或買二斗米的意思，不是；這是說這本集子裡的十幾篇東西都是趕出來的。幾句話就足以說明這個：我本來不大寫短篇小說，因為不會。可是自從滬戰後，刊物增多，各處找我寫文章；既蒙賞臉，怎好不捧場？同時寫幾個長篇，自然是做不到的，於是由靠背戲改唱短打。這麼一來，快信便接得更多：「既肯寫短篇了，還有什麼說的？寫吧，夥計！三天的工夫還趕不出五千字來？少點也行啊！無論怎著吧，趕一篇，要快！」話說得很「自己」，我也就不好意思，於是天昏地暗，胡扯一番；明知寫得不成東西，還沒法不硬著頭皮幹。到如今居然湊成這麼一小堆堆了！

設若我要是不教書，或者這些篇還不至於這麼糟，至少是在文字上。可是我得教書，白天的工夫都花費在學校裡，只能在晚間來胡扯；扯到哪兒算哪兒，沒辦法！

現在要出集了，本當給這堆小鬼一一修飾打扮一番；哼，哪有那個工夫！隨它們去吧；它們沒出息，日後自會受淘汰；我不拿它們當寶貝兒，也不便把它們都勒死。就是這個主意！

排列的次序是依著寫成的先後。設若後邊的比前邊的好一點，那總算狗急跳牆，居然跳過去了。說真的，這種「歪打正著」的辦法，能得一兩個虎頭虎腦的傢夥就得念佛！

蒙載過這些篇的雜誌們允許我把它們收入這本裡，十分的感激！

老舍一九三四年，二月一日，濟南。

五九

張丙，瘦得像剝了皮的小樹，差不多每天晚上來喝茶。他的臉上似乎沒有什麼東西；只有一對深而很黑的眼睛，顯出他並不是因為瘦弱而完全沒有精力。當喝下第三碗茶之後，這對黑眼開始發光；嘴唇，像小孩要哭的時候，開始顫動。他要發議論了。

他的議論，不是有統系的；他遇到什麼事便談什麼，加以批評。但無論談什麼事，他的批評總結束在「中國人是無望的，我剛說的這件事又是個好證據。」說完，他自動的斟上一碗茶，一氣喝完；閉上眼，不再說了，顯出：「不必辯論，中國人是無望的。無論怎說！」

這一晚，電燈非常的暗，讀書是不可能的。張丙來了，看了看屋裡，看了看電燈，點了點頭，坐下，似乎是心裡說：「中國人是無望的，看這個燈；電燈公司……」

第三碗茶喝過，我笑著說：「老張，什麼新聞？」

出我意料之外，他笑了笑——他向來是不輕易發笑的。

「打架來著。」他說。

「誰？你？」我問。

「我！」他看著茶碗，不再說了。

等了足有五分鐘，他自動的開始：

「假如你看見一個壯小夥子，利用他身體氣力的優越，打一個七八歲的小孩，你怎辦？」

「過去勸解，我看，是第一步。」

「假若你一看見他打那個小孩子，你便想到：設若過去勸，他自然是停止住打，而嘟囔著罵話走開；那小孩子是白挨一頓打！你想，過去勸解是有意義的嗎？」他的眼睛發光了，看看我的臉。

「我自然說他一頓，叫他明白他不應當欺侮小孩子，那不體面。」

「是的，不體面；假如他懂得什麼體面，他還不那樣作呢！而且，這樣的東西，你真要過去說他幾句，他一定問你：『你管得著嗎？你是幹什麼的，管這個事？』你跟他辯駁，還不如和石頭說幾句好話呢；石頭是不會用言語衝撞你的。假如你和他嚷嚷起來，自然是招來一群人，來看熱鬧；結果是他走他的，你走你的路；可是他白打了小孩一頓，沒受一點懲罰；下回他遇到機會還這樣作！白打一個不能抵抗的小孩子，是便宜的事，他一定這麼想。」

「那麼，你以為應當立刻叫他受懲罰，路見不平……那一套？」我知道他最厭惡武俠小說，而故意鬥他。

果然不出我所料，他說：

「別說《七俠五義》！我不要作什麼武俠，我只是不能瞪著眼看一個小孩挨打；那叫我的靈魂全發了火！更不能叫打人的占了全勝去！我過去，一聲沒出，打了他個嘴巴！」

「他呢？」

「他？反正我是計畫好了的：假如我不打他，而過去勸，他是得意揚揚而去；打人是件舒服事，從人們的獸性方面看。設若我跟他講理，結果也還是得打架；不過，我未必打得著他，因為他必先下手，不給我先發制人的機會。」他又笑了；我知道他笑的意思。

「但是。」我問：「你打了他，他一定還手，你豈是他的對手？」我很關心這一點，因為張丙是那樣瘦弱的人。

「那自然我也想到了。我打他，他必定打我；我必定失敗。可是有一層，這種人，善於利用筋肉欺侮人的，遇到自家皮肉上挨了打，他會登時去用手遮護那裡，在那一刻，他只覺得疼，而忘了動作。及至他看明白了你，他還是不敢動手，因為他向來利用筋肉的優越欺人及至他自己挨了打，他必定想想那個打他的，一定是有些來歷；因為他自己打人的時候是看清了有無操必勝之券而後開打的。就是真還了手，把我打傷，我，不全像那小子那樣傻，會找巡警去。至少我跟他上警區，耽誤他一天的工夫，（先不用說他一定受什麼別的懲罰）叫他也曉得，打人是至少要上警區的。」

他不言語了，我看得出，他心中正在難受——難受，他打了人家一下，不用提他的理由充足與否。

「他打人，人也打他，對這等人正是妥當的辦法；人類是無望的，你常這麼說。」我打算招他笑一下。

他沒笑，只輕輕搖了搖頭，說：

「這是今天早晨的事。下午四五點鐘的時候，我又遇見他了。」

「他要動手了！」我問，很不放心的。

「動手打我一頓，倒沒有什麼！叫我，叫我——我應當怎樣說？——傷心的是：今天下午我遇見他的時候，他正拉著兩個十來歲的外國小孩兒；他分明是給一家外國人作僕人的。他拉著那兩個外國小孩，趕過我來，告訴他們，低聲下氣的央告他們：踢他！踢他！然後向我說：你！你敢打我？洋人也不打我呀！（請注意，這裡他很巧妙的，去了一個『敢』字！）然後又向那兩個小孩說：踢！踢他！看他敢惹洋人不敢！」他停頓了一會兒，忽然的問我：「今天是什麼日子？」

「五九！」我不知道，為什麼我的淚流下來了。

「噢！」張丙立起來說：「怪不得街上那麼多的『打倒帝國主義』的標語呢！」

他好像忘了說那句：「中國人沒希望。」也沒喝那麼一碗茶，便走了。

熱包子

愛情自古時候就是好出軌的事。不過，古時候沒有報紙和雜誌，所以不像現在鬧得這麼血花。不用往很古遠裡說，就以我小時候說吧，人們鬧戀愛便不輕易弄得滿城風雨。我還記得老街坊小邱。那時候的「小」邱自然到現在已是「老」邱了。可是即使現在我再見著他，即使他已是白髮老翁，我還得叫他「小」邱。他是不會老的。我們一想起花兒來，似乎便看見些紅花綠葉，開得正盛；大概沒有一人想花便想到落花如雨，色斷香銷的。小邱也是花兒似的，在人們腦中他永遠是青春，雖然他長得離花還遠得很呢。

小邱是從什麼地方搬來的，和那年搬來的，我似乎一點也不記得。我只記得他一搬來的時候就帶著個年輕的媳婦。他們住我們的外院一間北小屋。從這小夫婦搬來之後，似乎常常聽人說：他們倆在夜半裡常打架。小夫婦打架也是自古有之，不足為奇；我所希望的是小邱頭上破一塊，或是小邱嫂手上有些傷痕……我那時候比現在天真的多多了；很歡迎人們打架，並且多少要掛點傷。可是，小邱夫婦永遠是——在白天——那麼快活和氣，身上確是沒傷。我說身上，一點不假，連小邱嫂的光脊梁我都看見過。我那時候常這麼想：大概他們打架是一人手裡拿著一塊棉花打的。

小邱嫂的小屋真好。永遠那麼乾淨永遠那麼暖和，永遠有種味兒——特別的味兒，沒法形容，可是顯然的與眾不同。小倆口味兒，對，到現在我才想到一個適當的形容字。怪不得那時候街坊們，特別是中年男子，願意上小邱嫂那裡去談天呢，談天的時候，他們小夫婦永遠是歡天喜地的，老好像是大年初一迎接賀年的客人那麼欣喜。可是，客人散了以後，據說，他們就必定打一回架。有人指天起誓說，曾聽見他們打得咚咚的響。

小邱，在街坊們眼中，是個毛騰廝火的小邱子。他走路好像永遠腳不貼地，而且除了在家中，彷彿沒人看見過他站住不動，那怕是一會兒呢。就是他坐著的時候，他的手腳也沒老實著的時候。他的手不是摸著衣縫，便是在凳子沿上打滑溜，要不然便在臉上搓。他的腳永遠上下左右找事作，好像一邊坐著說話，還一邊在走路，想像的走著。街坊們並不因此而小看他，雖然這是他永遠成不了「老邱」的主因。在另一方面，大家確是有點對他不敬，因為他的脖子老縮著。不知道怎麼一來二去的「王八脖子」成了小邱的另一稱呼。自從這個稱呼成立以後，聽說他們半夜裡更打得歡了。可是，在白天他們比以前更顯著歡喜和氣。

小邱嫂的光脊梁不但是被我看見過，有些中年人也說看見過。古時候的婦女不許露著胸部，而她竟自被人參觀了光脊梁，這連我——那時還是個小孩子——都覺著她太灑脫了。這又是我現在才想起的形容字——灑脫。她確是灑脫：自天子以至庶人好像沒有和她說不來的。我知道門外賣香油的，賣菜的，永遠給她比給旁人多些。她在我的孩子眼中是非常的美。她的牙頂美，到如今我還記得她的笑容，她一笑便會露出世界上最白的一點牙來。只是那麼一點，可是這一點白色能在人的腦中延展開無窮的幻想，這些幻想是以她的笑為中心，以她的白牙為顏色。拿著落花生，或鐵蠶豆，或大酸棗，在她的小屋裡去吃，是我兒時生命裡一個最美的事。剝了花生豆往小邱嫂嘴裡送，那個報酬是永生的欣悅——能看看她的牙。把一口袋花生都送給她吃了也甘心，雖然在事實上沒這麼辦過。

小邱嫂沒生過小孩。有時候我聽見她對小邱半笑半惱的說，憑你個軟貨也配有小孩？！小邱的脖子便縮得更厲害了，似乎十分傷心的樣子；他能半天也不發一語，呆呆的用手擦臉，直等到她說：「買洋火！」他才又笑一笑，腳不擦地飛了出去。

記得是一年冬天，我剛下學，在胡同口上遇見小邱。他的氣色非常的難看，我以為他是生了病。他的眼睛往遠處看，可是手摸著我的絨帽的紅繩結子，問：「你沒看見邱嫂嗎？」

「沒有哇。」我說。

「你沒有？」他問得極難聽，就好像為兒子害病而占卦的婦人，又願意聽實話，又不願意相信實話，要相信又願反抗。

他只問了這麼一句，就向街上跑了去。

那天晚上我又到邱嫂的小屋裡去，門，鎖著呢。我雖然已經到了上學的年紀，我不能不哭了。每天照例給邱嫂送去的落花生，那天晚上居然連一個也沒剝開。

第二天早晨，一清早我便去看邱嫂，還是沒有；小邱一個人在炕沿上坐著呢，手托著腦門。我叫了他兩聲，他沒答理我。

差不多有半年的工夫，我上學總在街上尋望，希望能遇見邱嫂，可是一回也沒遇見。

她的小屋，雖然小邱還是天天晚上次來，我不再去了。還是那麼乾淨，還是那麼暖和，只是邱嫂把那點特別的味兒帶走了？我常在牆上，空中看見她的白牙，可是只有那麼一點白牙，別的已不存在：那點牙也不會輕輕嚼我的花生米。

小邱更毛騰廝火了，可是不大愛說話。有時候他回來的很早，不作飯，只呆呆的愣著。每遇到這種情形，我們總把他讓過來，和我們一同吃飯。他和我們吃飯的時候，還是有說有笑，手腳不識閒。可是他的眼時時往門外或窗外瞭那麼一下。我們誰也不提邱嫂；有時候我忘了，說了句：「邱嫂上哪兒了呢？」他便立刻搭訕著回到小屋裡去，連燈也不點，在炕沿上坐著。有半年多，這麼著。

忽然有一天晚上，不是五月節前，便是五月節後，我下學後同著學伴去玩，回來晚了。正走在胡同口，遇見了小邱。他手裡拿著個碟子。

「幹什麼去？」我截住了他。

他似乎一時忘了怎樣說話了，可是由他的眼神我看得出，他是很喜歡，喜歡得說不出話來。呆了半天，他似乎爬在我的耳邊說的：

「邱嫂回來啦，我給她買幾個熱包子去！」他把個「熱」字說得分外的真切。

我飛了家去。果然她回來了。還是那麼好看，牙還是那麼白，只是瘦了些。

我直到今日，還不知道她上哪兒去了那麼半年。我和小邱，在那時候，一樣的只盼望她回來，不問別的。到現在想起來，古時候的愛情出軌似乎也是神聖的，因為沒有報紙和雜誌們把邱嫂的相片登出來，也沒使小邱的快樂得而復失。

愛的小鬼

我向來沒有見過苓這麼喜歡，她的神氣幾乎使人懷疑了，假如不是使人害怕。她哼唧著有腔無字的歌，隨著口腔的方便繼續的添湊，好像可以永遠唱下去而且永遠新穎，扶著椅子的扶手，似乎是要立起來，可是腳尖在地上輕輕的點動，似乎急於為她自造的歌曲敲出節拍，而暫時的忘了立起來。她的眼可是看著天花板，像有朵鮮玫瑰在那兒似的。她的耳似乎聽著她自己臉上的紅潮進退的微音。她確是快樂得有點忘形。她忽然的跳起來，自己笑著，三步加一跳的在屋中轉了幾個圈，故意的微喘，嘴更笑得張開些。頭髮蓋住了右眼，用脖子的彈力給拋回頭上，然後雙手交叉撐住腦勺兒，又看天花板上那朵無形的鮮玫瑰。

「苓！」我叫了她一聲。

她的眼光似乎由天上收回到人間來了，剛遇上我的便又微微的挪開一些，放在我的耳唇那一溜兒。

「什麼事這麼喜歡？」我用逗弄的口氣「說」——實在不像是「問」。

「猜吧。」苓永遠把兩個字，特別是那半個「吧」，說得像音樂作的兩顆珠子，一大一小。

「誰猜得著你個小狗肚子裡又別什麼壞！」我的笑容把那個減去一切應有的分量。

「你個臭東東！打你去！」苓歡喜的時候，「東西」便是「東東」。

「不用打岔，告訴我！」

「偏不告訴你，偏不，偏不！」她還是笑著，可是笑的聲兒，恐怕只有我聽得出來，微微有點不自然了。

設若我不再往下問，大概三分鐘後她總得給我些眼淚看看。設若一定問，也無須等三分鐘眼淚便過度的降生。我還是不敢耽誤工夫太大了，一分鐘冷靜的過去，全世界便變成個冰海。迅速定計，可是，真又不容易。愛的生活裡有無數的小毛毛蟲，每個小毛毛蟲都足以使你哭不得笑不得，一天至少有那麼幾次。

「好寶貝，告訴我吧！」說得有點欠火力，我知道。

她笑著走向我來，手扶在我的籐椅背沿上。

「告訴你吧？」

「好愛人！」

「我妹妹待一會兒來。」

我的心從雲中落在胸裡。

「英來也值得這麼樂，上星期六她還來過呢。還有別的故典，一定。」愛的笑語裡時常有個小鬼，名字叫「疑」。

苓的臉，設若，又紅起來，我的罪過便只限於愛鬧著玩；她的臉上紅色退了，我知道還是要陰天！

「你老不許人交朋友！」頭一個閃。

「英還同著個人來？」我的雷也響了。

「不理你，不理你啦！」是的，被我猜對了。

一個舊日的男朋友——看愛的情面，我沒敢多往這點上想。但是，就假使是個舊日的——爽快的說出來吧——愛人，又有什麼關係？沒關係，一點關係沒有！可是，她那麼快樂？天陰得更沉了。

苓又坐在她的小黑椅子上了。又依著發音機關的方便創造著自然的歌，可是並不帶分毫歌意。

她和我全不說話了，都心裡製造著黑雲；雷閃暫時休息，可是大雨快到了。誰也不肯再先放個休戰的口號，兩個人的戰事，因為關係不大，所以更難調解。家庭裡需要個小孩，其次是隻小狗或小貓；不然，就是一對天使，老在一塊兒，也得設法拌幾句嘴，好給愛的音樂一點變化。決定去抱隻小貓，我計劃著；滿可以不再生氣了，但是「我」不能先投降；好吧，計劃著抱隻小貓：要全身雪白，短腿，長身，兩個小耳朵就像兩個小棉花鬮兒。這個小白球一定會減少我們倆的小衝突。一定！可是，焉知不因這小白寶貝又發生新戰事呢？離婚似乎比抱小白貓還簡當，但這是發瘋，就是離婚也不能由我提出！君子嗎；君子似乎是沒多大價值；看不起自己了：還是不能先向她投降：心中要笑；還是設計抱小貓吧！

英來了，暫時屈尊她作作小白貓吧。無論多麼好的小姨子，遇到夫妻的衝突，哪怕小有衝突呢，她總是站在她們那邊的。特別是定了婚的小姨，像英，因為正戀著自己的天字第一號的男性，不由的便挑剔出姐丈的毛病，以便給她那個人又增補上一些優點。可是我自有辦法，我才不當著她們倆爭論是非呢；我把苓交給英，便出去走走；她們背地裡怎樣談論我，聽不見心不煩，愛說什麼說什麼。這樣，英便是小白貓了。

英剛到屋門，我的帽子已在手中，我不能不慶祝我的手急眼快，就是想作個大魔術家也不是全無希望的。況且，臉上那一堆笑紋，倒好像英是發笑藥似的。

「出門嗎，共產黨？」英對我——從她有了固定的情人以後——是一點不帶敬意的。

「看個朋友去，坐著啊，晚上等我一塊吃飯啊。」聲音隨著我的腳一同出了屋門，顯著異常的纏綿幽默。

出了街門，我的速度減縮了許多，似乎又想回去了。為什麼英獨自來，而沒同著那個人呢？是不是應當在街門外等等，看個水落石出？未免太小氣了？焉知苓不是從門縫中窺看我呢？走吧，別鬧笑話！偏偏看見個郵差，他的制服的顏色給我些酸感。

本來是不要去看朋友的；上哪兒去呢？走著瞧吧。街上不少女子，似乎今天街上沒有什麼男的。而且今天遇見的女子都非常的美豔，雖然沒拿她們和苓比較，可是苓似乎在我心中已經沒有很分明的一個麗像，像往常那樣。由她們的美好便想到，我在她們的眼中到底是怎樣的人物呢？由這個設想，心思的路線又折回到苓，她到底是佩服我呢，還是真愛我呢？佩服的愛是犧牲，無頭腦的愛是真愛，苓的是哪種？藉著百貨店的玻璃照了照自己，也還看不出十分不得女子的心的地方。英老管我叫共產黨，也許我的鬍子碴太重，也許因為我太好辯論？可是苓在結婚以前說過，她「就」是愛聽我說話。也許現在她的耳朵與從前不同了？說不定。

該回去了，隔著鋪戶的窗子看看裡面的鐘，然後拿出自己的錶，這樣似乎既占了點便宜，又可以多銷磨半分來的時間；不過只走了半點多鐘。不好就回家，這麼短的時間不像去看朋友；君子人總得把謊話作圓到了。

對面來了個人，好像特別挑選了我來問路；我臉上必定有點特別引人注意的地方，似乎值得自傲。

「到萬字巷去是往那麼走？」他向前指著。

「一點也不錯。」笑著，總得把臉上那點特別引人注意的地方作足。

「湊巧您也許知道萬字巷裡可有一家姓李的，姊妹倆？」

臉上那點剛作足的特點又打了很大的折扣！「是這小子！」心裡說。然後向他：「可就是，我也在那兒住家。姊妹倆，怪好看，摩登，男朋友很多？」

那小子的臉上似乎沒了日光。「噢」了幾聲。我心裡比吃酸辣湯還要痛快，手心上居然見了汗。

「您能不能替我給她們捎個信？」

「不費事，正順手。」

「您大概常和她們見面？」

「豈敢，天天看見她們；好出風頭，她們。」笑著我自己的那個「豈敢」。

「原先她們並不住在萬字巷，記得我給她們一封信，寫的不是萬字巷，是什麼街？」

「大佛寺街，誰都知道她們的歷史，她們搬家都在報紙本地新聞欄裡登三號字。」

「噢！」他這個「噢」有點像牛閉住了氣。「那麼，請您就給捎個口信吧，告訴她們我不再想見她們了——」

「正好！」我心裡說。

「我不必告訴您我的姓名，您一提我的樣子她們自會明白。謝謝！」

「好說！我一定把信帶到！」我伸出手和他握了握。

那小子帶著五百多斤的怒氣向後轉。我往家裡走——不是走，是飛。到了家中。勝利使我把嫉妒從心裡鏟淨，只是快樂，樂得幾乎錯吻小姨。但是街上那一幕還在心中消化著，暫且悶她們一會兒。

「他怎還不來？」英低聲問苓。

我假裝沒聽見。心裡說，「他不想再見你們！」

苓在屋中轉開了磨，時時用眼偷著撩我一下；我假裝寫信。

「你告訴他是這裡，不是——」苓低聲的問。

「是這裡。」英似乎也很關切，「我怕他去見伯母，所以寫信說咱倆都住在這裡。也沒告訴他你已結了婚。」

我心中笑得起了泡。

「你始終也沒看見他？」

「你知道他最怕婦女，尤其是怕見結過婚的婦女。」我的耳朵似乎要驚。

「他一幌兒走了八年了，一聽說他來我直歡喜得像個小鳥。」苓說。

我別不住了：「誰？」

「我們舅舅家的大哥！由家裡逃走八年了！他待一會兒也許就來，他來的時候你可得藏起去，他最不喜歡見親戚！」

「為什麼早不告訴我？」我的聲音有點發顫。

「你不是看朋友去了嗎？誰知道你這麼快就回來。我要明明白白的告訴你，你光景是不會相信麼；臭男人們，髒心眼多著呢！」

她們的表哥始終沒來。

同盟

「男子即使沒別的好處，膽量總比女人大一些。」天一對愛人說，因為她把男人看得不值半個小錢。

「哼！」她的鼻子裡響了聲，天一的話只值得用鼻子回答。

「天一雖然沒膽量，可是他的話說得不錯；男子，至少是多數的男子，比你們女人膽兒大。天一，你很怕鬼，是不是？我就不管什麼鬼不鬼，專好走黑路！」子敬對愛人說，拿天一作了她所看不起的男子的代表。

「哼！」她的鼻子裡響了一聲，把子敬和天一全看得不值半個小錢。

他們倆都以她為愛人，寫信的時候都稱她為「我的粉紅翅的安琪兒」。可是她——玉春——高興的時候才給他們一個「哼」。

看見子敬也挨了一哼，天一的心差點樂碎了：「我怕鬼；也不是誰，那天電燈忽然滅了，嚇得登時鑽了被窩？」

「對了，也不是誰，那天看見一個老鼠，嘴唇都嚇白了？」子敬也發了問。

「也不是誰，那天床上有個雞毛，嚇得直叫喚？」

「也不是誰，那天——」

玉春沒等子敬說出男子膽大的證據，發了命令：「都給我出去！」二位先生立刻覺出服從是必要的，一齊微笑，一齊立起，一齊鞠躬，一齊出去。

出了她的屋門，二位立刻由情敵改為朋友。

「子敬，還得回去，圓上臉面。」天一說：「咱倆一齊上她的屋頂，表示男子登梯爬高也不眼暈？」

「萬一要真眼暈，從房上滾下來呢，豈不是當場出醜？」子敬不贊成。

「再說，咱們的新洋服也六十多塊一身呢；爬一身土？不！」天一看了看自己的褲縫比子敬的直些，更不願上房了。「你說怎麼辦？」

「咱們倆三天不去找她。」子敬建議：「到第三天晚上，你我前後腳到她那裡去，假裝咱們倆也三天沒見面了，咱們一見面，你就問我：子敬，老沒見呀，上哪兒啦？我就造一片謠言，說什麼表嫂被鬼迷住了，我去給趕鬼。然後我就問你：天一，老沒見呀，上哪兒啦？你就造一片謠言，說家裡鬧狐狸精，盆碗大酒罈子滿屋裡飛，你回家去捉妖。這個主意怎樣？」

「不錯，可也不十分高明。」天一取了批評的態度說：「第一，我三天不去，你要是偷偷的去了呢？不公道！」

「一言為定，誰也不准私自去。咱們倆講究聯合起來，公開的，和她求愛；看到底誰能得勝，這才叫難能可貴！誰要是背地裡加油，誰就不算人！」子敬帶著熱情聲明。

「好了；第二，咱們造謠，她可得信哪？」天一問。

「這裡還有文章。」子敬非常的得意：「我剛才說什麼時候去找她？晚上。為什麼要在晚上？女人在晚上膽子更小。你我拚命的說鬼，小眼鬼，大眼鬼，牛頭鬼，歪脖鬼，越多越好，越厲害越好，你說，她得害怕不？她一害怕，咱倆就告辭，她還不央告咱們多坐一會兒？這，她已經算輸了。咱們樂得多坐一會兒，可是不要再提半個鬼字。然後，你或者我，立起來說：唉！忘了，還得出城呢！好在路上只經過五六塊墳地，不算什麼；有鬼也打他個粉碎！你或是我這麼說完就走。然後剩下的那位也立起來，也說些什麼到親戚家去守屍那類的話，也就出來。誰先走誰在巷口上等，咱們好一塊兒回來。」

「她相信嗎？」

「管她信不信呢。」子敬笑了：「反正半夜裡獨自走道，女人就來不及。就是她不信咱們去打鬼守屍，她也得佩服咱們敢在半夜裡獨行。」

「對！現在要說第三，咱們三天不去，豈不是給小李個好機會？你難道不知道她給小李的哼聲比給咱們的柔和著一半？」

「這——」子敬確是要思索會兒了；想了半天，有了主意：「你要曉得，天一，在愛情的進程裡須有柔有剛，忽近忽遠；一味的纏磨，有時適足惹起厭惡，因為你老不給她想念你的機會，她自然對你不敬。反之，在相當的時節給她個休息三天，你看吧，她再見你的時候，管保另眼看待，就好像三個星期沒看電影以後，連破電影也覺得有趣。咱們三天不去，而小李天天去，正可以減少他的價值，而增高我們的身分。咱們先約好，你給她買水果，我買鮮花；而且要理髮刮臉，穿新洋服，這一下子要不把小李打退十里才怪！」

「有理！」天一十分佩服子敬。

「這只是一端，還有花樣呢。」子敬似乎說開了頭，話是源源而來。「咱們還可以當面和小李挑戰，假如他也在那兒的話——我想咱們必定遇上他。咱們就可以老聲老氣的問他：小李，不跟我到王家墳繞個灣？或是，小李，跟我去守屍吧？他一定說不去；在她面前，咱們又壓過他一頭。」

天一插嘴：「他要是不輸氣，真和咱們去，咱們豈不漏了底？」

「沒那回事！他幹什麼沒事發瘋去半夜繞墳地玩呀，他正樂得我們出去；他好多坐一會兒——可是適足以增加她的厭噁心。他又不認識咱們的親戚，他去守哪門子屍呀；當然說不去。只要他一說不去，咱們就算戰勝，因為女子的心細極了，她總要把愛人們全絲毫不苟的稱量過，然後她挑選個最合適的——最合適的，並非是最好的，你要曉得。你看，小李的長相，無須說，是比咱倆漂亮些。」

「哼！」天一差點把鼻子弄成三個鼻孔。

「可是，漂亮不是一切。假如個個女子『能』嫁梅博士，不見得個個就『願』嫁他。小李漂亮及格，而無膽量，便不是最合適的；女子不喜歡女性的男人；除非是林黛玉那樣的癆病鬼，才會愛那個傻公子寶玉，可是就連寶玉也到底比黛玉強健些，是不是？看吧，我的計畫絕弄不出錯兒來！等把小李打倒，那便要看你我見個高低了。」子敬笑了。

天一看了看自己的拳頭，並不比子敬的大，微覺失意。

小李果然是在她那裡呢。

子敬先到，獻上一束帶露水的紫玫瑰。

她給他一個小指叫他挨了一挨，可是沒哼。他的臉比小李的多著二兩雪花膏。

天一次到，獻上一筐包紙印洋字的英國罐形梨。

她給他一個小指叫他挨了一挨，可是沒哼。他的頭髮比小李的亮得多著二十燭光。

「喝，小李。」二人一齊唱：「領帶該換了！」

她的眼光在小李的項下一掃。二人心中癢了一下。

「天一，老沒見哪？別太用功了；得個學士就夠了，何必非考留洋不可呢？」子敬獨唱。

「不是；不用提了！」天一嘆了口氣：「家裡鬧狐狸。」

「喲！」子敬的臉落下一寸。

「家裡鬧狐狸還往這兒跑幹嘛？」玉春說：「別往下說，不愛聽！」

天一的頭一炮沒響，心中亂了營。

「大概是鬧完了？」子敬給他個臺階：「別說了，怪叫人害怕！我倒不怕；小李你呢？」

「晚上不大愛聽可怕的事。」小李回答。

子敬看了天一一眼。

「子敬，老沒見哪？」天一背書似的問：「上哪兒去？」

「也是可怕的事，所以不便說，怕小李害怕；表哥家裡鬧大頭鬼，我——」

玉春把耳朵用手指堵上。

「噢，對不起！不說就是了。」子敬很快活的道歉。

小李站起來要走。

「咱們也走吧？」天一探探子敬的口氣。

「你上哪兒？」子敬問。

「二舅過去了，得去守屍，家裡還就是我有點膽子。你呢？」

「我還得出城呢，好在只過五六塊墳地，遇上一個半個吊死鬼也還沒什麼。」子敬轉問小李，「不出城和我繞個灣去？墳地上冒綠火，很有個意思。」

小李搖了搖頭。

天一和小李先走了，臨走的時候天一問小李願意陪他守屍去不？小李又搖了搖頭。

剩下子敬和玉春。

「小李都好。」他笑著說，「就是膽量太小，沒有男子氣。請原諒我，按說不應當背後講究人，都是好朋友。」

「他的膽子不大。」她承認了。

「一個男人沒有膽氣可不大好辦。」子敬嘆惜著。

「一個男人要是不誠實，假充膽大，就更不好辦。」她看著天花板說。

子敬胸中一噁心。

「請你告訴天一以後少來，我不願意吃他的果子，更不願意聽鬧狐狸！」

「一定告訴他：以後再來，我不約著他就是了。」

「你也少來，不願意什麼大頭鬼小頭鬼的嚇著我的小李。小李的領帶也用不著你提醒他換；我是幹什麼的？再說，長得俊也不在乎修飾；我就不愛看男人的頭發亮得像電燈泡。」

天一一清早就去找子敬，心中覺得昨晚的經過確是戰勝了小李——當著她承認了膽小。

子敬沒在宿舍，因為入了醫院。

子敬在醫院裡比不在醫院裡的人還健美，臉上紅撲撲的好像老是剛吃過一杯白蘭地。可是他要住醫院——希望玉春來看他。假如她拿著一束鮮花來看他，那便足以說明她還是有意，而他還大有希望。

她壓根兒沒來！

於是他就很喜歡：她不來，正好。因為他的心已經寄放在另一地方。

天一來看他，帶來一束鮮花，一筐水果，一套武俠愛情小說。到底是好朋友，子敬非常感謝天一；可是不願意天一常來，因天一頭一次來看朋友，眼睛就專看那個小看護婦，似乎不大覺得子敬是他所要的人。而子敬的心現在正是寄放在小看護婦的身上，所以既不以玉春無情為可惱，反覺得天一的探病為多事。不過，看在鮮花水果的面上，還不好意思不和天一瞎扯一番。

「不用叫玉春臭抖，我才有工夫給她再送鮮花呢！」子敬決定把玉春打入冷宮。

「她的鼻子也不美！」天一也覺出她的缺點。

「就會哼人，好像長鼻子不為吸氣，只為哼氣的！」

「那還不提，鼻子上還有一排黑雀斑呢！就仗著粉厚，不然的話，那隻鼻子還不像個斑竹短菸嘴？」

「搧風耳朵！」

「故意的用頭髮蓋住，假裝不搧風！」

「上嘴唇多麼厚！」

「下嘴唇也不薄，兩片夾餡的雞蛋糕，白叫我吻也不幹！」

「高領子專為掩蓋著一脖子泥！」

「小短手就會接人家的禮物！」

粉紅翅的安琪兒變成一個小錢不值。

天一捨不得走；子敬假裝要吃藥，為是把天一支出去。二人心中的安琪兒現在不是粉紅翅的了，而是像個玉蝴蝶：白帽，白衣，白小鞋，耳朵不搧風，鼻子不像斑竹菸嘴，嘴唇不像兩片雞蛋糕，脖子上沒泥，而且胳臂在外面露著，像一對溫泉出的藕棒，又鮮又白又香甜。這還不過是消極的比證；積極的美點正是非常的多：全身沒有一處不活潑，不漂亮，不溫柔，不潔淨。先笑後說話，一嘴的長形小珍珠。按著你的頭閉上了眼，任你參觀，她是只顧測你的溫度。然後，小白手指輕動，像蟋蟀的鬚兒似的，在小白本上寫幾個字。你碰她的鮮藕棒一下，不但不腦，反倒一笑。捧著藥碗送到你的唇邊。對著你的臉問你還要什麼。子敬不想再出院，天一打算也趕緊搬進來，預防長盲腸炎。好在沒病住院，自要納費，誰也不把你攆出去。

子敬的鮮花與水果已經沒地方放。因為天一有時候一天來三次；拿子敬當幌子，專為看她。子敬在院內把看護所應作的和幫助作的都嘗試過，打清血針，照愛克司光，洗腸子；越覺得她可愛：老是那麼溫和，乾淨，快活。天一在院外把看護的歷史族系住址藉貫全打聽明白；越覺得她可愛：雖夠不上大家閨秀，可也不失之為良家碧玉。子敬打算約她去看電影，苦於無法出口——病人出去看電影似乎不成一句話。天一打算請她吃飯，在醫院外邊每每等候半點多鐘，一回沒有碰到她。

「天一。」子敬最後發了言：「世界上最難堪的是什麼？」

「據我看是沒病住醫院。」天一也來得厲害。

「不對。是一個人發現了愛的花，而別人老在裡面搗亂！」

「你是不喜歡我來？」

「一點不錯；我的水果已夠開個小鋪子的了，你也該休息幾天吧。」

「好啦，明天不再買果子就是，來還是要來的。假如你不願意見我的話，我可以專來找她；也許約她出去走一走，沒準！」

天一把子敬拿下馬來了。子敬假笑著說：

「來就是了，何必多心呢！也許咱們是生就了的一對朋友兼情敵。」

「這麼說，你是看上了小秀珍？」天一詐子敬一下。

「要不然怎會把她的名字都打聽出來！」子敬也不示弱。

「那也是個本事！」天一決定一句不讓。

「到底不如叫她握著胳臂給打清血針。你看，天一，這隻小手按著這兒，那隻小手——打得渾身發麻！」

天一饞得直咽吐沫，非常的恨惡子敬；要不是看他是病人，非打他一頓不可，把清血藥汁全打出來！

天一的臉氣得像大肚罈子似的走了，決定明天再來。

天一又來了。子敬熱烈的歡迎他。

「天一，昨天我不是說咱倆天生是好朋友一對？真的！咱們還得合作。」

「又出了事故？」天一驚喜各半的問。

「你過來。」子敬把聲音低降得無可再低，「昨天晚上我看見給我治病的那個小醫生吻她來著！」

「喝！」天一的臉登時紅起來。「那怎麼辦呢？」

「還是得聯合戰線，先戰敗小醫生再講。」

「又得設計？老實不客氣的說，對於設計我有點寒心，上次——」

「不用提上次，那是個教訓，有上次的經驗，這回咱們確有把握。上次咱們的失敗在哪兒？」

「不誠實，假充大膽。」

「是呀。來，遞給我耳朵。」以下全是嘀咕嘀咕。

秀珍七點半來送藥——一杯開水，半片阿司匹靈。天一七點二十五分來到。秀珍笑著和天一握手，又熱又有力氣。子敬看著眼饞，也和她握手，她還是笑著。

「天一，你的氣色可不好，怎麼啦？」子敬很關心的問。

「子敬，你的膽量怎樣？假如膽小的話，我就不便說了。」

「我？為人總得誠實，我的膽子不大。可是，咱們都在這兒，還怕什麼？說吧！」

「你知道，我也是膽小——總得說實話。你記得我的表哥？西醫，很漂亮——」

「我記得他，大眼睛，可不是，當西醫，他怎麼啦？」

「不用提啦！」天一嘆了一口氣：「把我表嫂給殺了！」

「喲！」子敬向秀珍張著嘴。

「他不是西醫嗎，好，半夜三更撒囈症，用小刀把表嫂給解剖了！」天一的嘴唇都白了。

「要不怎麼說，姑娘千萬別嫁給醫生呢！」子敬對秀珍說：「解剖有癮，不定哪時一高興便把太太作了試驗，不是玩的！」

「我可怕死了！」天一直哆嗦：「大解八塊，喝，我的天爺！秀珍女士，原諒我，大晚上的說這麼可怕的事！」

「我才不怕呢。」秀珍輕慢的笑著：「常看死人。我們當看護的沒有別的好處，就是在死人前面覺到了比常人有膽量，屍不怕，血不怕；除了醫生就得屬我們了。因此，我們就是看得起醫生！」

「可是，醫生作夢把太太解剖了呢？」天一問。

「那只是因為太太不是看護。假如我是醫生的太太，天天晚上給他點小藥吃，消食化水，不會作惡夢。」

「秀珍！」小醫生在門外叫：「什麼時候下班哪？我樓下等你。」

「這就完事；你進來，聽聽這件奇事。」秀珍把醫生叫了進來，「一位大夫在夢中把太太解剖了。」

「那不足為奇！看護婦作夢把丈夫毒死當死屍看著，常有的事。膽小的人就是別娶看護婦，她一看不起他，不定幾時就把他毒死，為是練習看守死屍。就不毒死他，也得天天打他一頓。膽小的男人，膽大的女人，弄不到一塊！走啊，秀珍，看電影去！」

「再見——」秀珍拉著長聲，手把手和小醫生走出去。

子敬出了院。

天一來看他。「幹什麼玩呢，子敬？」

「讀點婦女心理，有趣味的小書！」子敬依然樂觀。

「子敬，你不是好朋友，獨自念婦女心理！」

「沒的事！來，咱們一塊兒念。唸完這本小書，你看吧，一來一個準！就怕一樣——四角戀愛。咱們就怕四角戀愛。上兩回咱們都輸了。」

「頂好由第三章，『三角戀愛』念起。」

「好吧。大概幾時咱倆由同盟改為敵手，幾時才真有點希望，是不是？」

「也許。」

大悲寺外

黃先生已死去二十多年了。這些年中，只要我在北平，我總忘不了去祭他的墓。自然我不能永遠在北平；別處的秋風使我倍加悲苦：祭黃先生的時節是重陽的前後，他是那時候死的。去祭他是我自己加在身上的責任；他是我最欽佩敬愛的一位老師，雖然他待我未必與待別的同學有什麼分別；他愛我們全體的學生。可是，我年年願看看他的矮墓，在一株紅葉的楓樹下，離大悲寺不遠。

已經三年沒去了，生命不由自主的東奔西走，三年中的北平只在我的夢中！去年，也不記得為了什麼事，我跑回去一次，只住了三天。雖然才過了中秋，可是我不能不上西山去；誰知道什麼時候才再有機會回去呢。自然上西山是專為看黃先生的墓。為這件事，旁的事都可以擱在一邊；說真的，誰在北平三天能不想辦一萬樣事呢。

這種祭墓是極簡單的：只是我自己到了那裡而已，沒有紙錢，也沒有香與酒。黃先生不是個迷信的人，我也沒見他飲過酒。

從城裡到山上的途中，黃先生的一切顯現在我的心上。在我有口氣的時候，他是永生的。真的；停在我心中，他是在死裡活著。每逢遇上個穿灰布大褂，胖胖的人，我總要細細看一眼。是的，胖胖的而穿灰布大衫，因黃先生而成了對我個人的一種什麼象徵。甚至於有的時候與同學們聚餐，「黃先生呢？」常在我的舌尖上；我總以為他是還活著。還不是這麼說，我應當說：我總以為他不會死，不應該死，即使我知道他確是死了。

他為什麼作學監呢？胖胖的，老穿著灰布大衫！他作什麼不比當學監強呢？可是，他竟自作了我們的學監，似乎是天命，不作學監他怎能在四十多歲便死了呢！

胖胖的，腦後折著三道肉印；我常想，理髮師一定要費不少的事，才能把那三道彎上的短髮推淨。臉像個大肉葫蘆，就是我這樣敬愛他，也就沒法否認他的臉不是招笑的。可是，那雙眼！上眼皮受著「胖」的影響，鬆鬆的下垂，把原是一對大眼睛變成了倆螳螂卵包似的，留個極小的縫兒射出無限度的黑亮。好像這兩道黑光，假如你單單的看著它們，把「胖」的一切註腳全勾銷了。那是一個胖人射給一個活動，靈敏，快樂的世界的兩道神光。他看著你的時候，這一點點黑珠就像是釘在你的心靈上，而後把你像條上了鉤的小白魚，釣起在他自己發射出的慈祥寬厚光朗的空氣中。然後他笑了，極天真的一笑，你落在他的懷中，失去了你自己。那件鬆鬆裹著胖黃先生的灰布大衫，在這時節，變成了一件仙衣。在你沒看見這雙眼之前，假如你看他從遠處來了，他不過是團蠕蠕而動的灰色什麼東西。

無論是哪個同學想出去玩玩，而造個不十二分有傷於誠實的謊，去到黃先生那裡請假，黃先生先那麼一笑，不等你說完你的謊——好像唯恐你自己說漏了似的——便極用心的用蘇字給填好「准假證」。但是，你必須去請假。私自離校是絕對不行的。凡關乎人情的，以人情的辦法辦；凡關乎校規的，校規是校規；這個胖胖的學監！

他沒有什麼學問，雖然他每晚必和學生們一同在自修室讀書；他讀的都是大本的書，他的筆記本也是龐大的，大概他的胖手指是不肯甘心傷損小巧精緻的書頁。他讀起書來，無論冬夏，頭上永遠冒著熱汗，他絕不是聰明人。有時我偷眼看看他，他的眉，眼，嘴，好像都被書的神祕給迷住；看得出，他的牙是咬得很緊，因為他的腮上與太陽穴全微微的動彈，微微的，可是緊張。忽然，他那麼天真的一笑，嘆一口氣，用塊像小床單似的白手絹抹抹頭上的汗。

先不用說別的，就是這人情的不苟且與傻用功已足使我敬愛他——多數的同學也因此愛他。稍有些心與腦的人，即使是個十五六歲的學生，像那時候的我與我的學友們，還能看不出：他的溫和誠懇是出於天性的純厚，而同時又能絲毫不苟的負責是足以表示他是溫厚，不是懦弱？還覺不出他是「我們」中的一個，不是「先生」們中的一個；因為他那種努力讀書，為讀書而著急，而出汗，而嘆氣，還不是正和我們一樣？

到了我們有了什麼學生們的小困難——在我們看是大而不易解決的——黃先生是第一個來安慰我們，假如他不幫助我們；自然，他能幫忙的地方便在來安慰之前已經自動的作了。二十多年前的中學學監也不過是掙六十塊錢，他每月是拿出三分之一來，預備著幫助同學，即使我們都沒有經濟上的困難，他這三分之一的薪水也不會剩下。假如我們生了病，黃先生不但是殷勤的看顧，而且必拿來些水果，點心，或是小說，幾乎是偷偷的放在病學生的床上。

但是，這位困苦中的天使也是平安中的君王——他管束我們。宿舍不清潔，課後不去運動……都要挨他的雷，雖然他的雷是伴著以淚作的雨點。

世界上，不，就說一個學校吧，哪能都是明白人呢。我們的同學裡很有些個厭惡黃先生的。這並不因為他的愛心不普遍，也不是被誰看出他是不真誠，而是偉大與藐小的相觸，結果總是偉大的失敗，好似不如此不足以成其偉大。這些同學們一樣的受過他的好處，知道他的偉大，但是他們不能愛他。他們受了他十樣的好處後而被他申斥了一陣，黃先生便變成頂可惡的。我一點也沒有因此而輕視他們的意思，我不過是說世上確有許多這樣的人。他們並不是不曉得好歹，而是他們的愛只限於愛自己；愛自己是溺愛，他們不肯受任何的責備。設若你救了他的命，而同時責勸了他幾句，他從此便永遠記著你的責備——為是恨你——而忘了救命的恩惠。黃先生的大錯處是根本不應來作學監，不負責的學監是有的，可是黃先生與不負責永遠不能聯結在一處。不論他怎樣真誠，怎樣厚道，管束。

他初來到學校，差不多沒有一個人不喜愛他，因為他與別位先生是那樣的不同。別位先生們至多不過是比書本多著張嘴的，我們佩服他們和佩服書籍差不多。即使他們是活潑有趣的，在我們眼中也是另一種世界的活潑有趣，與我們並沒有多麼大的關係。黃先生是個「人」，他與別位先生幾乎完全不相同。他與我們在一處吃，一處睡，一處讀書。

半年之後，已經有些同學對他不滿意了，其中有的，受了他的規戒，有的是出於立異——人家說好，自己就偏說壞，表示自己有頭腦，別人是順竿兒爬的笨貨。

經過一次小風潮，愛他的與厭惡他的已各一半了。風潮的起始，與他完全無關。學生要在上課的時間開會了，他才出來勸止，而落了個無理的干涉。他是個天真的人——自信心居然使他要求投票表決，是否該在上課時間開會！幸而投與他意見相同的票的多著三張！風潮雖然不久便平靜無事了，可是他的威信已減了一半。

因此，要頂他的人看出時機已到：再有一次風潮，他管保得滾。謀著以教師兼學監的人至少有三位。其中最活動的是我們的手工教師，一個用嘴與舌活著的人，除了也是胖子，他和黃先生是人中的南北極。在教室上他曾說過，有人給他每月八百圓，就是提夜壺也是美差。有許多學生喜歡他，因為上他的課時就是睡覺也能得八十幾分。他要是作學監！大家豈不是入了天國！每天晚上，自從那次小風潮後，他的屋中有小的會議。不久，在這小會議中種的子粒便開了花。校長處有人控告黃先生，黑板上常見「胖牛」，「老山藥蛋」……

同時，有的學生也向黃先生報告這些消息。忽然黃先生請了一天的假。可是那天晚上自修的時候，校長來了，對大家訓話，說黃先生向他辭職，但是沒有准他。末後，校長說，「有不喜歡這位好學監的，請退學；大家都不喜歡他呢，我與他一同辭職。」大家誰也沒說什麼。可是校長前腳出去，後腳一群同學便到手工教員室中去開緊急會議。

第三天上黃先生又照常辦事了，臉上可是好像瘦減了一圈。在下午課後他召集全體學生訓話，到會的也就是半數。他好像是要說許多許多的話似的，及至到了臺上，他第一個微笑就沒笑出來，愣了半天，他極低細的說了一句：「咱們彼此原諒吧！」沒說第二句。

暑假後，廢除月考的運動一天擴大一天。在重陽前，炸彈爆發了。英文教員要考，學生們不考；教員下了班，後面追隨著極不好聽的話。及至事情鬧到校長那裡去，問題便由罷考改為撤換英文教員，因為校長無論如何也要維持月考的制度。雖然有幾位主張連校長一齊推倒的，可是多數人願意先由撤換教員作起。既不向校長作戰，自然罷考須暫放在一邊。這個時節，已經有人警告了黃先生：「別往自己身上攏！」

可是誰叫黃先生是學監呢？他必得維持學校的秩序。況且，有人設法使風潮往他身上轉來呢。校長不答應撤換教員。有人傳出來，在職教員會議時，黃先生主張嚴辦學生，黃先生勸告教員合作以便抵抗學生，黃學監……

風潮又轉了方向，黃學監，已經不是英文教員，是炮火的目標。

黃先生還終日與學生們來往，勸告，解說，笑與淚交替的揭露著天真與誠意。有什麼用呢？

學生中不反對月考的是不敢發言。依違兩可的是與其說和平的話不如說激烈的，以便得同學的歡心與讚揚。這樣，就是敬愛黃先生的連暗中警告他也不敢了：風潮像個魔咒捆住了全校。

我在街上遇見了他。

「黃先生，請你小心點。」我說。

「當然的。」他那麼一笑。

「你知道風潮已轉了方向？」

他點了點頭，又那麼一笑，「我是學監！」

「今天晚上大概又開全體大會，先生最好不用去。」

「可是，我是學監！」

「他們也許動武呢！」

「打『我』？」他的顏色變了。

我看得出，他沒想到學生要打他；他的自信力太大。可是同時他並不是不怕危險。他是個「人」，不是鐵石作的英雄——因此我愛他。

「為什麼呢？」他好似是詰問著他自己的良心呢。

「有人在後面指揮。」

「噢！」可是他並沒有明白我的意思，據我看；他緊跟著問：「假如我去勸告他們，也打我？」

我的淚幾乎落下來。他問得那麼天真，幾乎是兒氣的；始終以為善意待人是不會錯的。他想不到世界上會有手工教員那樣的人。

「頂好是不到會場去，無論怎樣！」

「可是，我是學監？我去勸告他們就是了；勸告是惹不出事來的。謝謝你！」

我愣在那兒了。眼看著一個人因責任而犧牲，可是一點也沒覺到他是去犧牲——一聽見「打」字便變了顏色，而仍然不退縮！我看得出，此刻他絕不想辭職了，因為他不能在學校正極紊亂時候抽身一走。「我是學監！」我至今忘不了這一句話，和那四個字的聲調。

果然晚間開了大會。我與四五個最敬愛黃先生的同學，故意坐在離講臺最近的地方，我們計議好：真要是打起來，我們可以設法保護他。

開會五分鐘後，黃先生推門進來了。屋中連個大氣也聽不見了。主席正在報告由手工教員傳來的消息——就是宣佈學監的罪案——學監進來了！我知道我的呼吸是停止了一會兒。

黃先生的眼好似被燈光照得一時不能睜開了，他低著頭，像盲人似的輕輕關好了門。他的眼睜開了，用那對慈善與寬厚作成的黑眼珠看著大眾。他的面色是，也許因為燈光太強，有些灰白。他向講臺那邊挪了兩步，一腳登著臺沿，微笑了一下。

「諸位同學，我是以一個朋友，不是學監的地位，來和大家說幾句話！」

「假冒為善！」

「漢奸！」

後邊有人喊。

黃先生的頭低下去，他萬也想不到被人這樣罵他。他絕不是恨這樣罵他的人，而是懷疑了自己，自己到底是不真誠，不然……

這一低頭要了他的命。

他一進來的時候，大家居然能那樣靜寂，我心裡說，到底大家還是敬畏他；他沒危險了。這一低頭，完了，大家以為他是被罵對了，羞愧了。

「打他」這是一個與手工教員最親近的學友喊的，我記得。跟著，「打！」「打！」後面的全立起來。我們四五個人彼此按了按膝，「不要動」的暗號；我們一動，可就全亂了。我喊了一句。

「出去！」故意的喊得很難聽，其實是個善意的暗示。

他要是出去——他離門只有兩三步遠——管保沒有事了，因為我們四五個人至少可以把後面的人堵住一會兒。

可是黃先生沒動！好像蓄足了力量，他猛然抬起頭來。他的眼神極可怕了。可是不到半分鐘，他又低下頭去，似乎用極大的懺悔，矯正他的要發脾氣。他是個「人」，可是要拿人力把自己提到超人的地步。我明白他那心中的變動：冷不防的被人罵了，自己懷疑自己是否正道；他的心告訴他——無愧；在這個時節，後面喊「打」：他怒了；不應發怒，他們是些青年的學生——又低下頭去。

隨著說第二次低頭，「打」成了一片暴雨。

假如他真怒起來，誰也不敢先下手；可是他又低下頭去——就是這麼著，也還只聽見喊打，而並沒有人向前。這倒不是大家不勇敢，實在是因為多數——大多數——人心中有一句：「憑什麼打這個老實人呢？」自然，主席的報告是足以使些人相信的，可是究竟大家不能忘了黃先生以前的一切；況且還有些人知道報告是由一派人造出來的。

我又喊了聲，「出去！」我知道「滾」是更合適的，在這種場面上，但怎忍得出口呢！

黃先生還是沒動。他的頭又抬起來：臉上有點笑意，眼中微溼，就像個忠厚的小兒看著一個老虎，又愛又有點怕憂。

忽然由窗外飛進一塊磚，帶著碎玻璃碴兒，像顆橫飛的彗星，打在他的太陽穴上。登時見了血。他一手扶住了講桌。後面的人全往外跑。我們幾個攙住了他。

「不要緊，不要緊。」他還勉強的笑著，血已幾乎蓋滿他的臉。

找校長，不在；找校醫，不在；找教務長，不在；我們決定送他到醫院去。

「到我屋裡去！」他的嘴已經似乎不得力了。

我們都是沒經驗的，聽他說到屋中去，我們就攙扶著他走。到了屋中，他擺了兩擺，似乎要到洗臉盆處去，可是一頭倒在床上；血還一勁的流。

老校役張福進來看了一眼，跟我們說，「扶起先生來，我接校醫去。」

校醫來了，給他洗乾淨，綁好了布，叫他上醫院。他喝了口白蘭地，心中似乎有了點力量，閉著眼嘆了口氣。校醫說，他如不上醫院，便有極大的危險。他笑了。低聲的說：

「死，死在這裡：我是學監！我怎能走呢——校長們都沒在這裡！」

老張福自薦伴著「先生」過夜。我們雖然極願守著他，可是我們知道門外有許多人用輕鄙的眼神看著我們；少年是最怕被人說「苟事」的——同情與見義勇為往往被人解釋作「苟事」，或是「狗事」；有許多青年的血是能極熱，同時又極冷的。我們只好離開他。連這樣，當我們出來的時候還聽見了：「美呀！黃牛的乾兒子！」

第二天早晨，老張福告訴我們，「先生」已經說胡話了。

校長來了，不管黃先生依不依，決定把他送到醫院去。

可是這時候，他清醒過來。我們都在門外聽著呢。那位手工教員也在那裡，看著學監室的白牌子微笑，可是對我們皺著眉，好像他是最關心黃先生的苦痛的。我們聽見了黃先生說：

「好吧，上醫院；可是，容我見學生一面。」

「在哪兒！」校長問。

「禮堂；只說兩句話。不然，我不走！」

鐘響了。幾乎全體學生都到了。

老張福與校長攙著黃先生。血已透過綳布，像一條毒花蛇在頭上盤著。他的臉完全不像他的了。剛一進禮堂門，他便不走了，從綳布下設法睜開他的眼，好像是尋找自己的兒女，把我們全看到了。他低下頭去，似乎已支援不住，就是那麼低著頭，他低聲——可是很清楚的——說：

「無論是誰打我來著，我絕不，絕不計較！」

他出去了，學生沒有一個動彈的。大概有兩分鐘吧。忽然大家全往外跑，追上他，看他上了車。

過了三天，他死在醫院。

誰打死他的呢？

丁庚。

可是在那時節，誰也不知道丁庚扔磚頭來著。在平日他是「小姐」，沒人想到「小姐」敢飛磚頭。

那時的丁庚，也不過是十七歲。老穿著小藍布衫，臉上長著小紅疙疸，眼睛永遠有點水鏽，像敷著眼藥。老實，不好說話，有時候跟他好，有時候又跟你好，有時候自動的收拾宿室，有時候一天不洗臉。所以是小姐——有點忽東忽西的小性。

風潮過去了，手工教員兼任了學監。校長因為黃先生已死，也就沒深究誰扔的那塊磚。說真的，確是沒人知道。

可是，不到半年的工夫，大家猜出誰了——丁庚變成另一個人，完全不是「小姐」了。他也愛說話了，而且永遠是不好聽的話。他永遠與那些不用功的同學在一起了，吸上了香菸——自然也因為學監不干涉——每晚上必出去，有時候嘴裡噴著酒味。他還作了學生會的主席。

由「那」一晚上，黃先生死去，丁庚變了樣。沒人能想到「小姐」會打人。可是現在他已不是「小姐」了，自然大家能想到他是會打人的。變動的快出乎意料之外，那麼，什麼事都是可能的了；所以是「他」！

過了半年，他自己承認了——多半是出於自誇，因為他已經變成個「刺兒頭」。最怕這位「刺兒頭」的是手工兼學監那位先生。學監既變成他的部下，他承認了什麼也當然是沒危險的。自從黃先生離開了學監室，我們的學校已經不是學校。

為什麼扔那塊磚？據丁庚自己說，差不多有五六十個理由，他自己也不知道哪一個最好，自然也沒人能斷定哪個最可靠。

據我看，真正的原因是「小姐」忽然犯了「小姐性」。他最初是在大家開會的時候，連進去也不敢，而在外面看風勢。忽然他的那個勁兒來了，也許是黃先生責備過他，也許是他看黃先生的胖臉好玩而試試打得破與否，也許……不論怎麼著吧，一個十七歲的孩子，天性本來是變鬼變神的，加以臉上正發紅泡兒的那股忽人忽獸的鬱悶，他滿可以作出些無意作而作了的事。從多方面看，他確是那樣的人。在黃先生活著的時候，他便是千變萬化的，有時候很喜歡人叫他「黛玉」。黃先生死後，他便不知道他是怎回事了。有時候，他聽了幾句好話，能老實一天，爬在桌上寫小楷，寫得非常秀潤。第二天，一天不上課！

這種觀察還不只限於學生時代，我與他畢業後恰巧在一塊作了半年的事，拿這半年中的情形看，他確是我剛說過的那樣的人。拿一件事說吧。我與他全作了小學教師，在一個學校裡，我教初四。已教過兩個月，他忽然想換班，唯一的原因是我比他少著三個學生。可是他和校長並沒這樣說——為少看三本卷子似乎不大好出口。他說，四年級級任比三年級的地位高，他不甘居人下。這雖然不很像一句話，可究竟是更精神一些的爭執。他也告訴校長：他在讀書時是作學生會主席的，主席當然是大眾的領袖，所以他教書時也得教第一班。

校長與我談論這件事，我是無可無不可，全憑校長調動。校長反倒以為已經教了快半個學期，不便於變動。這件事便這麼過去了。到了快放年假的時候，校長有要事須請兩個禮拜的假，他打算求我代理幾天。丁庚又不答應了。可是這次他直接的向我發作了，因為他親自請求校長叫他代理是不好意思的。我不記得我的話了，可是大意是我應著去代他向校長說說：我根本不願意代理。

及至我已經和校長說了，他又不願意，而且忽然的辭職，連維持到年假都不幹。校長還沒走，他捲鋪蓋走了。誰勸也無用，非走不可。

從此我們倆沒再會過面。

看見了黃先生的墳，也想起自己在過去廿年中的苦痛。墳頭更矮了些，那麼些土上還長著點野花，「美」使悲酸的味兒更強烈了些。太陽已斜掛在大悲寺的竹林上，我只想不起動身。深願黃先生，胖胖的，穿著灰布大衫，來與我談一談。

遠處來了個人。沒戴著帽，頭髮很長，穿著青短衣，還看不出他的模樣來，過路的，我想；也沒大注意。可是他沒順著小路走去，而是捨了小道朝我來了。又一個上墳的？

他好像走到墳前才看見我，猛然的站住了。或者從遠處是不容易看見我的，我是倚著那株楓樹坐著呢。

「你」他叫著我的名字。

我愣住了，想不起他是誰。

「不記得我了？丁——」

沒等他說完我想起來了，丁庚。除了他還保存著點「小姐」氣——說不清是在他身上哪處——他絕對不是二十年前的丁庚了。頭髮很長，而且很亂。臉上烏黑，眼睛上的水鏽很厚，眼窩深陷進去，眼珠上許多血絲。牙已半黑，我不由的看了看他的手，左右手的食指與中指全黃了一半。他一邊看著我，一邊從袋裡摸出一盒「大長城」來。

不知道為什麼我覺得一陣悲慘。我與他是沒有什麼感情的，可是幼時的同學……我過去握住他的手；他的手顫得很厲害。我們彼此看了一眼，眼中全溼了；然後不約而同的看著那個矮矮的墓。

「你也來上墳？」這話已到我的唇邊，被我壓回去了。他點一支菸，向藍天吹了一口，看看我，看看墳，笑了。

「我也來看他，可笑，是不是？」他隨說隨坐在地上。

我不曉得說什麼好，只好順口搭音的笑了聲，也坐下了。

他半天沒言語，低著頭吸他的菸，似乎是思想什麼呢。菸已燒去半截。他抬起頭來，極有姿式的彈著菸灰。先笑了笑，然後說：

「二十多年了！他還沒饒了我呢！」

「誰？」

他用菸卷指了指墳頭：「他！」

「怎麼？」我覺得不大得勁；深怕他是有點瘋魔。

「你記得他最後的那句？絕——不——計——較，是不是？」

我點點頭。

「你也記得咱們在小學教書的時候，我忽然不幹了？我找你去叫你不要代理校長？好，記得你說的是什麼？」

「我不記得。」

「絕不計較！你說的。那回我要和你換班次，你也是給了我這麼一句。你或者出於無意，可是對於我，這句話是種報復，懲罰。它的顏色是紅的一條布，像條毒蛇；它確是有顏色的。它使我把生命變成一陣顫抖；志願，事業，全隨顫抖化為——秋風中的落葉。像這顆楓樹的葉子。你大概也知道，我那次要代理校長的原因？我已運動好久，叫他不能回任。可是你說了那麼一句——」

「無心中說的。」我表示歉意。

「我知道。離開小學，我在河務局謀了個差事。很清閒，錢也不少。半年之後，出了個較好的缺。我和一個姓李的爭這個地位。我運動，他也運動，力量差不多是相等，所以命令多日沒能下來。在這個期間，我們倆有一次在局長家裡遇上了，一塊打了幾圈牌。局長，在打牌的時候，露出點我們倆競爭很使他為難的口話。我沒說什麼，可是姓李的一邊打出一個紅中，一邊說：『紅的！我讓了，絕不計較！』紅的！不計較！黃學監又立在我眼前，頭上圍著那條用血浸透的紅布！我用盡力量打完了那圈牌，我的汗溼透了全身。我不能再見那個姓李的，他是黃學監第二，他用殺人不見血的咒詛在我魂靈上作祟：假如世上真有妖術邪法，這個便是其中的一種。我不幹了。不幹了！」他的頭上出了汗。

「或者是你身體不大好，精神有點過敏。」我的話一半是為安慰他，一半是不信這種見神見鬼的故事。

「我起誓，我一點病沒有。黃學監確是跟著我呢。他是假冒為善的人，所以他會說假冒為善的惡咒。還是用事實說明吧。我從河務局出來不久便成婚。」這一句還沒說全，他的眼神變得像失了雛兒的惡鷹似的，瞪著地上一顆半黃的雞爪草，半天，他好像神不附體了。我輕嗽了聲，他一哆嗦，抹了抹頭上的汗，說：「很美，她很美。可是——不貞。在第一夜，洞房便變成地獄，可是沒有血，你明白我的意思？沒有血的洞房是地獄，自然這是老思想，可是我的婚事老式的，當然感情也是老式的。她都說了，只求我，央告我，叫我饒恕她。按說，美是可以博得一切赦免的。可是我那時鐵了心；我下了不戴綠帽的決心。她越哭，我越狠，說真的，折磨她給我一些愉快。末後，她的淚已乾，她的話已盡，她說出最後的一句：『請用我心中的血代替吧，』她打開了胸，『給這兒一刀吧；你有一切的理由，我死，絕不計較你！』我完了，黃學監在洞房門口笑我呢。我連動一動也不能了。第二天，我離開了家，變成一個有家室的漂流者，家中放著一個沒有血的女人，和一個帶著血的鬼！但是我不能自殺，我跟他幹到底，他劫去我一切的快樂，不能再叫他奪去這條命！」

「丁：我還以為你是不健康。你看，當年你打死他，實在不是有意的。況且黃先生的死也一半是因為耽誤了，假如他登時上醫院去，一定不會有性命的危險。」我這樣勸解；我準知道，設若我說黃先生是好人，絕不能死後作祟，丁庚一定更要發怒的。

「不錯。我是出於無心，可是他是故意的對我發出假慈悲的原諒，而其實是種毒惡的詛咒。不然，一個人死在眼前，為什麼還到禮堂上去說那個呢？好吧，我還是說事實吧。我既是個沒家的人，自然可以隨意的去玩了。我大概走了至少也有十二三省。最後，我在廣東加入了革命軍。打到南京，我已是團長。設若我繼續工作，現在來至少也作了軍長。可是，在清黨的時節，我又不幹了。是這麼回事，一個好朋友姓王，他是左傾的。他比我職分高。設若我能推倒他，我登時便能取得他的地位。陷害他，是極容易的事，我有許多對他不利的證據，但是我不忍下手。我們倆出死入生的在一處已一年多，一同入醫院就有兩次。可是我又不能拋棄這個機會；志願使英雄無論如何也得辣些。我不是個十足的英雄，所以我想個不太激進的辦法來。我託了一個人向他去說，他的危險怎樣的大，不如及早逃走，把一切事務交給我，我自會代他籌劃將來的安全。他不聽。我火了。不能不下毒手。我正在想主意，這個不知死的鬼找我來了，沒帶著一個人。有些人是這樣：至死總假裝寬厚大方，一點不為自己的命想一想，好像死是最便宜的事，可笑。這個人也是這樣，還在和我嘻嘻哈哈。我不等想好主意了，反正他的命是在我手心裡，我對他直接的說了——我的手摸著手槍。他，他聽完了，向我笑了笑。『要是你願殺我，』他說，還是笑著，『請，我絕不計較。』這能是他說的嗎？怎能那麼巧呢？我知道，我早就知道了，凡是我要成功的時候，『他』老藉著個笑臉來報仇，假冒為善的鬼會拿柔軟的方法來毀人。我的手連抬也抬不起來了，不要說還要拿槍打人。姓王的笑著，笑著，走了。他走了，能有我的好處嗎？他的地位比我高。拿證據去告發他恐怕已來不及了，他能不馬上想對待我的法子嗎？結果，我得跑！到現在，我手下的小卒都有作團長的了，我呢？我只是個有妻室而沒家，不當和尚而住在廟裡的——我也說不清我是什麼！」

乘他喘氣，我問了一句：「哪個廟寺？」

「眼前的大悲寺！為是離著他近。」他指著墳頭。

看我沒往下問，他自動的說明：

「離他近，我好天天來詛咒他！」

不記得我又和他說了什麼，還是什麼也沒說，無論怎樣吧！我是踏著金黃的秋色下了山，斜陽在我的背後。我沒敢回頭，我怕那株楓樹，葉子不是怎麼紅得似血！

馬褲先生

火車在北平東站還沒開，同屋那位睡上鋪的穿馬褲，戴平光的眼鏡，青緞子洋服上身，胸袋插著小楷羊毫，足登青絨快靴的先生發了問：「你也是從北平上車？」很和氣的。

我倒有點迷了頭，火車還沒動呢，不從北平上車，難道由——由哪兒呢？我只好反攻了：「你從哪兒上車？」很和氣的。我很希望他說是由漢口或綏遠上車，因為果然如此，那麼中國火車一定已經是無軌的，可以隨便走走；那多麼自由！

他沒言語。看了看鋪位，用盡全身——假如不是全生——的力氣喊了聲，「茶房！」

茶房正忙著給客人搬東西，找鋪位。可是聽見這麼緊急的一聲喊，就是有天大的事也得放下，茶房跑來了。

「拿毯子！」馬褲先生喊。

「請少待一會兒，先生。」茶房很和氣的說，「一開車，馬上就給您鋪好。」

馬褲先生用食指挖了鼻孔一下，別無動作。

茶房剛走開兩步。

「茶房！」這次連火車好似都震得直動。

茶房像旋風似的轉過身來。

「拿枕頭。」馬褲先生大概是已經承認毯子可以遲一下，可是枕頭總該先拿來。

「先生，請等一等，您等我忙過這會兒去，毯子和枕頭就一齊全到。」茶房說的很快，可依然是很和氣。

茶房看馬褲客人沒任何表示，剛轉過身去要走，這次火車確是嘩啦了半天，「茶房！」

茶房差點嚇了個跟頭，趕緊轉轉身來。

「拿茶！」

「先生，請略微等一等，一開車茶水就來。」

馬褲先生沒任何的表示。茶房故意的笑了笑，表示歉意。然後搭訕著慢慢的轉身，以免快轉又嚇個跟頭。轉好了身，腿剛預備好快走，背後打了個霹靂，

「茶房！」

茶房不是假裝沒聽見，便是耳朵已經震聾，竟自沒回頭，一直的快步走開。

「茶房！茶房！茶房！」馬褲先生連喊，一聲比一聲高：站臺上送客的跑過一群來，以為車上失了火，要不然便是出了人命。茶房始終沒回頭。馬褲先生又挖了鼻孔一下，坐在我的床上。剛坐下，「茶房！」茶房還是沒來。看著自己的磕膝，臉往下沉，沉到最長的限度，手指一挖鼻孔，臉好似刷的一下又縱回去了。然後，「你坐二等？」這是問我呢。我又毛了，我確是買的二等，難道上錯了車？

「你呢？」我問。

「二等。這是二等。二等有臥鋪。快開車了吧？茶房！」

我拿起報紙來。

他站起來，數他自己的行李，一共八件，全堆在另一臥鋪上——兩個上鋪都被他占了。數了兩次，又說了話，「你的行李呢？」

我沒言語。原來我誤會了：他是善意，因為他跟著說，「可惡的茶房，怎麼不給你搬行李？」

我非說話不可了：「我沒有行李。」

「噢？！」他確是嚇了一跳，好像坐車不帶行李是大逆不道似的。「早知道，我那四個皮箱也可以不打行李票了！」

這回該輪著我了，「噢？！」我心裡說，「幸而是如此，不然的話，把四個皮箱也搬進來，還有睡覺的地方啊？！」

我對面的鋪位也來了客人，他也沒有行李，除了手中提著個扁皮夾。

「噢？！」馬褲先生又出了聲，「早知道你們都沒行李，那口棺材也可以不另起票了？」

我決定了。下次旅行一定帶行李；真要陪著棺材睡一夜，誰受得了！

茶房從門前走過。

「茶房！拿毛巾把！」

「等等。」茶房似乎下了抵抗的決心。

馬褲先生把領帶解開，摘下領子來，分別掛在鐵鉤上：所有的鉤子都被占了，他的帽子，風衣，已占了兩個。

車開了，他登時想起買報，「茶房！」

茶房沒有來。我把我的報贈給他；我的耳鼓出的主意。

他爬上了上鋪，在我的頭上脫靴子，並且擊打靴底上的土。枕著個手提箱，用我的報紙蓋上臉，車還沒到永定門，他睡著了。

我心中安坦了許多。

到了豐臺，車還沒站住，上面出了聲，「茶房！」

沒等茶房答應，他又睡著了；大概這次是夢話。

過了豐臺，茶房拿來兩壺熱茶。我和對面的客人——一位四十來歲平平無奇的人，臉上的肉還可觀——喫茶閒扯。大概還沒到廊房，上面又打了雷，「茶房！」

茶房來了，眉毛擰得好像要把誰吃了才痛快。

「幹嘛？先——生——」

「拿茶！」上面的雷聲響亮。

「這不是兩壺？」茶房指著小桌說。
「上邊另要一壺！」
「好吧！」茶房退出去。
「茶房！」
茶房的眉毛擰得直往下落毛。
「不要茶，要一壺開水！」
「好啦！」
「茶房！」
我直怕茶房的眉毛脫淨！
「拿毯子，拿枕頭，打手巾把，拿——」似乎沒想起拿什麼好。
「先生，您等一等。天津還上客人呢；過了天津我們一總收拾，也耽誤不了您睡覺！」茶房一氣說完，扭頭就走，好像永遠不再想回來。
待了會兒，開水到了，馬褲先生又入了夢鄉，呼聲只比「茶房」小一點，可是勻調而且是繼續的努力，有時呼聲稍低一點，用咬牙來補上。

「開水，先生！」

「茶房！」

「就在這哪；開水！」

「拿手紙！」

「廁所裡有。」

「茶房！廁所在哪邊？」

「哪邊都有。」

「茶房！」

「回頭見。」

「茶房！茶房！！茶房！！！」

沒有應聲。

「呼——呼呼——呼」又睡了。

有趣！

到了天津。又上來些旅客。馬褲先生醒了，對著壺嘴喝了一氣水。又在我頭上擊打靴底。穿上靴子，出溜下來，食指挖了鼻孔一下，看了看外面。「茶房！」

恰巧茶房在門前經過。

「拿毯子！」

「毯子就來。」

馬褲先生走出去，呆呆的立在走廊中間，專為阻礙來往的旅客與腳伕。忽然用力挖了鼻孔一下，走了。下了車，看看梨，沒買；看看報，沒買；看看腳行的號衣，更沒作用。又上來了，向我招呼了聲，「天津，唉？」我沒言語。他向自己說，「問問茶房。」緊跟著一個雷，「茶房！」我後悔了，趕緊的說，「是天津，沒錯兒。」

「總得問問茶房；茶房！」

我笑了，沒法再忍住。

車好容易又從天津開走。

剛一開車，茶房給馬褲先生拿來頭一份毯子枕頭和手巾把。馬褲先生用手巾把耳孔鼻孔全鑽得到家，這一把手巾擦了至少有一刻鐘，最後用手巾擦了擦手提箱上的土。

我給他數著，從老站到總站的十來分鐘之間，他又喊了四五十聲茶房。茶房只來了一次，他的問題是火車向哪面走呢？茶房的回答是不知道；於是又引起他的建議，車上總該有人知道，茶房應當負責去問。茶房說，連駛車的也不曉得東西南北。於是他幾乎變了顏色，萬一車走迷了路？！茶房沒再回答，可是又掉了幾根眉毛。

他又睡了，這次是在頭上摔了摔襪子，可是一口痰並沒往下唾，而是照顧了車頂。

我睡不著是當然的，我早已看清，除非有一對「避呼耳套」當然不能睡著。可憐的是別屋的人，他們並沒預備來熬夜，可是在這種帶鉤的呼聲下，還只好是白瞪眼一夜。

我的目的地是德州，天將亮就到了。謝天謝地！

車在此處停半點鐘，我雇好車，進了城，還清清楚楚的聽見「茶房！」一個多禮拜了，我還惦記著茶房的眉毛呢。

微神

清明已過了，大概是。海棠花不是都快開齊了嗎？今年的節氣自然是晚了一些，蝴蝶們還很弱；蜂兒可是一出世就那麼挺拔，好像世界確是甜蜜可喜的。天上只有三四塊不大也不笨重的白雲，燕兒們給白雲上釘小黑丁字玩呢。沒有什麼風，可是柳枝似乎故意的輕擺，像逗弄著四外的綠意。田中的晴綠輕輕的上了小山，因為嬌弱怕累得慌，似乎是，越高綠色越淺了些；山頂上還是些黃多於綠的紋縷呢。山腰中的樹，就是不綠的也顯出柔嫩來，山後的藍天也是暖和的，不然，雁們為何唱著向那邊排著隊去呢？石凹藏著些怪害羞的三月蘭，葉兒還趕不上花朵大。

小山的香味只能閉著眼吸取，省得勞神去找香氣的來源，你看，連去年的落葉都怪好聞的。那邊有幾隻小白山羊，叫的聲兒恰巧使欣喜不至過度，因為有些悲意。偶爾走過一隻來，沒長犄角就留下鬚的小動物，向一塊大石發了會兒愣，又顛顛著俏式的小尾巴跑了。

我在山坡上晒太陽，一點思念也沒有，可是自然而然的從心中滴下些詩的珠子，滴在胸中的綠海上，沒有聲響，只有些波紋是走不到腮上便散了的微笑；可是始終也沒成功一整句。一個詩的宇宙裡，連我自己好似只是詩的什麼地方的一個小符號。

越晒越輕鬆，我體會出蝶翅是怎樣的歡欣。我摟著膝，和柳枝同一律動前後左右的微動，柳枝上每一黃綠的小葉都是聽著春聲的小耳勺兒。有時看看天空，啊，謝謝那塊白雲，它的邊上還有個小燕呢，小得已經快和藍天化在一處了，像萬頃藍光中的一粒黑痣，我的心靈像要往那兒飛似的。

遠處山坡的小道，像地圖上綠的省分裡一條黃線。往下看，一大片麥田，地勢越來越低，似乎是由山坡上往那邊流動呢，直到一片暗綠的松樹把它截住，很希望松林那邊是個海灣。及至我立起來，往更高處走了幾步，看看，不是；那邊是些看不甚清的樹，樹中有些低矮的村舍；一陣小風吹來極細的一聲雞叫。

春晴的遠處雞聲有些悲慘，使我不曉得眼前一切是真還是虛，它是夢與真實中間的一道用聲音作的金線；我頓時似乎看見了個血紅的雞冠；在心中，村舍中，或是哪兒，有隻——希望是雪白的——公雞。

我又坐下了；不，隨便的躺下了。眼留著個小縫收取天上的藍光，越看越深，越高；同時也往下落著光暖的藍點，落在我那離心不遠的眼睛上。不大一會兒，我便閉上了眼，看著心內的晴空與笑意。

我沒睡去，我知道已離夢境不遠，但是還聽得清清楚楚小鳥的相喚與輕歌。說也奇怪，每逢到似睡非睡的時候，我才看見那塊地方——不曉得一定是哪裡，可是在入夢以前它老是那個樣兒浮在眼前。就管它叫做夢的前方吧。

這塊地方並沒有多大，沒有山，沒有海。像一個花園，可又沒有清楚的界限。差不多是個不甚規則的三角，三個尖端浸在流動的黑暗裡。一角上——我永遠先看見它——是一片金黃與大紅的花，密密層層的；沒有陽光，一片紅黃的後面便全是黑暗，可是黑的背景使紅黃更加深厚，就好像大黑瓶上畫著紅牡丹，深厚得至於使美中有一點點恐怖。黑暗的背景，我明白了，使紅黃的一片抱住了自己的彩色，不向四外走射一點；況且沒有陽光，彩色不飛入空中，而完全貼染在地上。我老先看見這塊，一看見它，其餘的便不看也會知道的，正好像一看見香山，準知道碧雲寺在哪兒藏著呢。

其餘的兩角，左邊是一個斜長的土坡，滿蓋著灰紫的野花，在不漂亮中有些深厚的力量，或者月光能使那灰的部分多一些銀色而顯出點詩的靈空；但是我不記得在哪兒有個小月亮。無論怎樣，我也不厭惡它。不，我愛這個似乎被霜弄暗了的紫色，像年輕的母親穿著暗紫長袍。右邊的一角是最漂亮的，一個小草房，門前有一架細蔓的月季，滿開著單純的花，全是淺粉的。

設若我的眼由左向右轉，灰紫，紅黃，淺粉，像是由秋看到初春，時節倒流；生命不但不是由盛而衰，反倒是以玫瑰作香色雙豔的結束。

三角的中間是一片綠草，深綠，軟厚，微溼；每一短葉都向上挺著，似乎是聽著遠處的雨聲。沒有一點風，沒有一個飛動的小蟲；一個鬼豔的小世界，活著的只有顏色。

在真實的經驗中，我沒見過這麼個境界。可是它永遠存在，在我的夢前。英格蘭的深綠，蘇格蘭的紫草小山，德國黑林的幽晦，或者是它的祖先們，但是誰準知道呢。從赤道附近的濃豔中減去陽光，也有點像它，但是它又沒有虹樣的蛇與五彩的禽，算了吧，反正我認識它。

我看見它多少多少次了。它和「山高月小，水落石出。」是我心中的一對畫屏。可是我沒到那個小房裡去過。我不是被那些顏色吸引得不動一動，便是由它的草地上恍惚的走入另種色彩的夢境。它是我常遇到的朋友，彼此連姓名都曉得，只是沒細細談過心。我不曉得它的中心是什麼顏色的，是含著一點什麼神祕的音樂——真希望有點響動！

這次我決定了去探險。

一想到了月季花下，或也因為怕聽我自己的足音？月季花對於我是有些端陽前後的暗示，我希望在哪兒貼著張深黃紙，印著個朱紅的判官，在兩束香艾的中間。沒有。只在我心中聽見了聲「櫻桃」的吆喝。這個地方是太靜了。

小房子的門閉著。窗上門上都擋著牙白的簾兒，並沒有花影，因為陽光不足。裡邊什麼動靜也沒有，好像它是寂寞的發源地。輕輕的推開門，靜寂與整潔雙雙的歡迎我進去，是歡迎我；室中的一切是「人」的，假如外面景物是「鬼」的——希望我沒用上過於強烈的字。

一大間，用幔帳截成一大一小的兩間。幔帳也是牙白的，上面繡著些小蝴蝶。外間只有一條長案，一個小橢圓桌兒，一把椅子，全是暗草色的，沒有油飾過。椅上的小墊是淺綠的，桌上有幾本書。案上有一盆小松，兩方古銅鏡，鏽色比小松淺些。內間有一個小床，罩著一塊快垂到地上的綠毯。床首懸著一個小籃，有些快乾的茉莉花。地上鋪著一塊長方的蒲墊，墊的旁邊放著雙繡白花的小綠拖鞋。

我的心跳起來了！我絕不是入了濟慈的複雜而光燦的詩境；平淡樸美是此處的音調，也絕不是柯勒律治的幻境，因為我認識那隻繡著白花的小綠拖鞋。

愛情的故事永遠是平凡的，正如春雨秋霜那樣平凡。可是平凡的人們偏愛在這些平凡的事中找些詩意；那麼，想必是世界上多數的事物是更缺乏色彩的；可憐的人們！希望我的故事也有些應有的趣味吧。

沒有像那一回那麼美的了。我說「那一回」，因為在那一天那一會兒的一切都是美的。她家中的那株海棠花正開成一個大粉白的雪球；沿牆的細竹剛拔出新筍；天上一片嬌晴；她的父母都沒在家；大白貓在花下酣睡。聽見我來了，她像燕兒似的從簾下飛出來；沒顧得換鞋，腳下一雙小綠拖鞋像兩片嫩綠的葉兒。她喜歡得像晨起的陽光，腮上的兩片蘋果比往常紅著許多倍，似乎有兩顆香紅的心在臉上開了兩個小井，溢著紅潤的胭脂泉。那時她還梳著長黑辮。

她父母在家的時候，她只能隔著窗兒望我一望，或是設法在我走去的時節，和我笑一笑。這一次，她就像一個小貓遇上了個好玩的伴兒；我一向不曉得她「能」這樣的活潑。在一同往屋中走的工夫，她的肩挨上了我的。我們都才十七歲。我們都沒說什麼，可是四隻眼彼此告訴我們是欣喜到萬分。我最愛看她家壁上那張工筆百鳥朝鳳；這次，我的眼勻不出工夫來。我看著那雙小綠拖鞋；她往後收了收腳，連耳根兒都有點紅了；可是仍然笑著。我想問她的功課，沒問；想問新生的小貓有全白的沒有，沒問；心中的問題多了，只是口被一種什麼力量給封起來，我知道她也是如此，因為看見她的白潤的脖兒直微微的動，似乎要將些不相干的言語嚥下去，而真值得一說的又不好意思說。

她在臨窗的一個小紅木凳上坐著，海棠花影在她半個臉上微動。有時候她微向窗外看看，大概是怕有人進來。及至看清沒人，她臉上的花影都被歡悅給浸漬得紅豔了。她的兩手交換著輕輕的摸小凳的沿，顯著不耐煩，可是歡喜的不耐煩。最後，她深深的看了我一眼，極不願意而又不得不說的說，「走吧！」我自己已忘了自己，只看見，不是聽見，兩個什麼字由她的口中出來？可是在心的深處猜對那兩個字的意思，因為我也有點那樣的關切。我的心不願動，我的腦知道非走不可。我的眼釘住了她的。她要低頭，還沒低下去，便又勇敢的抬起來，故意的，不怕的，羞而不肯羞的，迎著我的眼。直到不約而同的垂下頭去，又不約而同的抬起來，又那麼看。心似乎已碰著心。

我走，極慢的，她送我到簾外，眼上蒙了一層露水。我走到二門，回了回頭，她已趕到海棠花下。我像一個羽毛似的飄蕩出去。

以後，再沒有這種機會。

有一次，她家中落了，並不使人十分悲傷的喪事。在燈光下我和她說了兩句話。她穿著一身孝衣。手放在胸前，擺弄著孝衣的扣帶。站得離我很近，幾乎能彼此聽得見臉上熱力的激射，像雨後的禾穀那樣帶著聲兒生長。可是，只說了兩句極沒有意思的話——口與舌的一些動作：我們的心並沒管它們。

我們都二十二歲了，可是五四運動還沒降生呢。男女的交際還不是普通的事。我畢業後便作了小學的校長，平生最大的光榮，因為她給了我一封賀信。信籤的末尾——印著一枝梅花——她注了一行：不要回信。我也就沒敢寫回信。可是我好像心中燃著一束火把，無所不盡其極的整頓學校。我拿辦好了學校作給她的回信；她也在我的夢中給我鼓著得勝的掌——那一對連腕也是玉的手！

提婚是不能想的事。許多許多無意識而有力量的阻礙，像個專以力氣自雄的惡虎，站在我們中間。

有一件足以自慰的，我那繫著心的耳朵始終沒聽到她的訂婚消息。還有件比這更好的，我兼任了一個平民學校的校長，她擔任著一點功課。我只希望能時時見到她，不求別的。她呢，她知道怎麼躲避我——已經是個二十歲的大姑娘。她失去了十七八歲時的天真與活潑，可是增加了女子的尊嚴與神祕。

又過了二年，我上了南洋。到她家辭行的那天，她恰巧沒在家。

在外國的幾年中，我無從打聽她的消息。直接通信是不可能的。間接的探問，又不好意思。只好在夢裡相會了。說也奇怪，我在夢中的女性永遠是「她」。夢境的不同使我有時悲泣，有時狂喜；戀的幻境裡也自有一種味道。她，在我的夢中，還是十七歲時的樣子：小圓臉，眉眼清秀中帶著一點媚意。身量不高！處處都那麼柔軟，走路非常的輕巧。那一條長黑的髮辮，造成最動心的一個背影。我也記得她梳起頭來的樣兒，但是我總夢見那帶辮的背影。

回國後，自然先探聽她的一切。一切消息都像謠言她已作了暗娼！就是這種刺心的消息，也沒減少我的熱情；不，我反倒更想見她，更想幫助她。我到她家去。已不在那裡住，我只由牆外看見那株海棠樹的一部分。房子早已賣掉了。

到底我找到她了。她已剪了髮，向後梳攏著，在項部有個大綠梳子。穿著一件粉紅長袍，袖子僅到肘部，那雙臂，已不是那麼活軟的了。臉上的粉很厚，腦門和眼角都有些摺子。可是她還笑得很好看，雖然一點活潑的氣象也沒有了。設若把粉和油都去掉，她大概最好也只像個產後的病婦。她始終沒正眼看我一次，雖然臉上並沒有羞愧的樣子，她也說也笑，只是心沒在話與笑中，好像完全應酬我。我試著探問她些問題與經濟狀況，她不大願意回答。她點著一枝香菸，煙很靈通的從鼻孔出來，她把左膝放在右膝上，仰著頭看煙的升降變化，極無聊而又顯著剛強，我的眼溼了，她不會看不見我的淚，可是她沒有任何表示。她不住的看自己的手指甲，又輕輕的向後按頭髮，似乎她只是為她們活著呢。提到家中的人，她什麼沒告訴我。我只好走吧。臨出來的時候，我把住址告訴給她——深願她求我，或是命令我，作點事。她似乎根本沒往心裡聽，一笑，眼看看別處，沒有往外送我的意思。她以為我是出去了，其實我是立在門口沒動，這麼著，她一回頭，我們對了眼光。只是那麼一擦似的她轉過頭去。

初戀是青春的第一朵花，不能隨便擲棄。我託人給她送了點錢去，留下了，並沒有回話。

朋友們看出我的悲苦來，眉頭是最會賣人的。她們善意的給我介紹女友，慘笑的搖首是我的回答。我得等著她。初戀像幼年的寶貝永遠是最甜蜜的，不管那個寶貝是一個小布人，還是幾塊小石子。慢慢的，我開始和幾個最知己的朋友談論她，他們看在我的面上沒說她什麼，可是假裝鬧著玩似的暗刺我，他們看我太愚，也就是說她不配一戀。他們越這樣，我越堅固。是她打開了我的愛的園門，我得和她走到山窮水盡。憐比愛少著些味道，可是更多著些人情。不久，我托友人向她說明，我願意娶她。我自己沒膽量去。友人回來，帶回來她的幾聲狂笑。

她沒說別的，只狂笑了一陣。她是笑誰？笑我的愚，很好，多情的人不是每每有些傻氣嗎？這足以使人得意。笑她自己，那只是因為不好意思哭，過度的悲鬱使人狂笑。

愚痴給我些力量，我決定自己去見她。要說的話都詳細的編制好，演習了許多次，我告訴自己——只許勝，不許敗。她沒在家。又去了兩次，都沒見著。第四次去，屋門裡停著小小的一口薄棺材，裝著她。她是因打胎而死。

一籃最鮮的玫瑰，瓣上帶著我心上的淚，放在她的靈前，結束了我的初戀，打開終生的虛空。為什麼她落到這般光景？我不願再打聽。反正她在我心中永遠不死。

我正呆看著那雙小綠拖鞋，我覺得背後的幔帳動了一動。一回頭，帳子上繡的小蝴蝶在她的頭上飛動呢。她還是十七八時的模樣，還是那麼輕巧，像仙女飛降下來還沒十分立穩那樣立著。我往後退了一步，似乎是怕一往前湊就能把她嚇跑。這一退的功夫，她變了，變成二十多歲的樣子。她也往後退了，隨退隨著臉上加著皺紋。她狂笑起來。我坐在那個小床上。剛坐下，我又起來了，撲過她去，極快；她在這極短的時間內，又變回十七歲時的樣子。在一秒鐘裡我看見她半生的變化，她像是不受時間的拘束。我坐在椅子上，她坐在我的懷中。我自己也復恢了十五六年前臉血的紅色，我覺得出。我們就這樣坐著，聽著彼此心血的潮蕩。不知有多麼久。最後，我找到音聲，唇貼著她的耳邊，問：

「你獨自住在這裡？」

「我不住在這裡；我住在這兒。」她指著我的心說。

「始終你沒忘了我，那麼？」我握緊了她的手。

「被別人吻的時候，我心中看著你！」

「可是你許別人吻你？」我並沒有一點妒意。

「愛在心裡，唇不會閒著；誰教你不來吻我呢？」

「我不是怕得罪你的父母嗎？不是我上了南洋嗎？」

她點了點頭，「可是怕你失去一切，隔離使愛的心慌了。」

她告訴了我，她死前的光景。在我出國的那一年，她的母親死去。她比較得自由了一些。出牆的花枝自會招來蜂蝶，有人便追求她，她還想念著我，可是肉體往往比愛少些忍耐力，愛的花不都是梅花。她接受了一個青年的愛，因為他長得像我。他非常的愛她，可是她還忘不了我，肉體的獲得不就是愛的滿足，相似的音貌不能代替愛的真形。他疑心了，她承認了她的心是在南洋。他們倆斷絕了關係。這時候，她父親的財產全丟了。她非嫁人不可。她把自己賣給一個闊家公子，為是供給她的父親。

「你不會去教學賺錢？」我問。

「我只能教小學，那點薪水還不夠父親買菸吃的！」

我們倆都愣起來。我是想：假使我那時候回來，以我的經濟能力說；能供給得起她的父親嗎？我還不是大睜白眼的看著她賣身？

「我把愛藏在心中。」她說，拿肉體掙來的茶飯營養著它。我深恐肉體死了，愛便不存在，其實我是錯了；先不用說這個吧。他非常的妒忌，永遠跟著我，無論我是幹什麼，上哪兒去，他老隨著我。他找不出我的破綻來，可是覺得出我是不愛他。慢慢的，他由討厭變為公開的辱罵我，甚至於打我，他逼得我沒法不承認我的心是另有所寄。忍無可忍也就顧不及飯碗問題了。他把我趕出來，連一件長衫也沒給我留。我呢，父親照樣和我要錢，我自己得吃得穿，而且我一向是吃好的穿好的慣了。為滿足肉體，還得利用肉體，身體是現成的本錢。凡給我錢的便買去我點筋肉的笑。我很會笑；我照著鏡子練習那迷人的笑。環境的不同使人作退一步想，這樣零賣，到是比終日叫那一個闊公子管著強一些。在街上，有多少人指著我的後影嘆氣，可是我到底是自由的，甚至是自傲的，有時候我與些打扮得不漂亮的女子遇上，我也有些得意。我一共打過四次胎，但是創痛過去便又笑了。

「最初。我頗有一些名氣，因為我既是作過富宅的玩物，又能識幾個字，新派舊派的人都願來照顧我，我沒工夫去思想。甚至於不想積蓄一點錢，我完全為我的服裝香粉活著。今天的漂亮是今天的生活。明天自有明天管照著自己，身體的疲倦，只管眼前的刺激，不顧將來，不久，這種生活也不能維持了。父親的菸是無底的深坑。打胎需要許多花費。以前不想剩錢；錢自然不會自己剩下。我連一點無聊的傲氣也不敢存了。我得極下賤的去找錢了，有時候是明搶。有人指著我的後影嘆氣，我也回頭向他笑一笑了。打一次胎增加兩三歲。鏡子是不欺人的，我已老醜了。瘋狂足以補足衰老。我盡著肉體的所能伺候人們，不然，我沒有生意。我敞著門睡著，我是大眾的，不是我自己的，一天廿四小時，什麼時間也可以買我的身體。我消失在慾海裡。在清醒的世界中我並不存在。我看著人們在我身上狂動，我的手指算計著錢數。我不思想，只是盤算——怎能多進五毛錢。我不哭，哭不好看。只為錢著急，不管我自己。」

她休息了一會兒，我的淚已滴溼她的衣襟。

「你回來了！」她繼續著說：「你也三十多了；我記得你是十七歲的小學生。你的眼已不是那年——多少年了？——看我那雙綠拖鞋的眼。可是，多少還是你自己，我，早已死了。你可以繼續作那初戀的夢，我已無夢可作。我始終一點也不懷疑，我知道你要是回來，必定要我。及至見著你，我自己已找不到我自己，拿什麼給你呢？你沒回來的時候，我永遠不拒絕，不論是對誰說，我是愛你；你回來了，我只好狂笑。單等我落到這樣，你才回來，這不是有意戲弄人？假如你永遠不回來，我老有個南洋作我的夢景，你老有個我在你的心中，豈不很美？你偏偏的回來了，而且回來這樣遲——」

「可是來遲了並不就是來不及了。」我插了一句。

「晚了就是來不及了。我殺了自己。」

「什嗎?」

「我殺了我自己。我命定的只能住在你心中，生存在一首詩裡，生死有什麼區別?在打胎的時候我自己下了手。有你在我左右，我沒法子再笑。不笑，我怎麼賺錢?只有一條路，名字叫死。你回來遲了，我別再死遲了;我再晚死一會兒，我便連住在你心中的希望也沒有了。我住在這裡，這裡便是你的心。這裡沒有陽光，沒有聲響，只有一些顏色。顏色是更持久的，顏色畫成咱們的記憶。看那雙小鞋，綠的，是點顏色，你我永遠認識它們。」

「但是我也記得那雙腳。許我看看嗎?」

她笑了，搖搖頭。

我很堅決，我握住她的腳，扯下她的襪，露出沒有肉的一支白腳骨。

「去吧!」她推了我一把。「從此你我無緣再見了!我願住在你的心中，現在不行了;我願在你心中永遠是青春。」

太陽已往西斜去；風大了些，也涼了些，東方有些黑雲。春光在一個夢中慘淡了許多。我立起來，又看見那片暗綠的松樹。立了不知有多久。遠處來了些蠕動的小人，隨著一些聽不甚真的音樂。越來越近了，田中驚起許多白翅的鳥，哀鳴著向山這邊飛。我看清了，一群人們匆匆的走，帶起一些灰土。三五鼓手在前，幾個白衣的在後，最後是一口棺材。春天也要埋人的。撒起一把紙錢，蝴蝶似的落在麥田上。東方的黑雲更厚了，柳條的綠色加深了許多，綠得有些悽慘。心中茫然，只想起那雙小綠拖鞋。像兩片樹葉在永生的樹上作著春夢。

開市大吉

我，老王，和老邱，湊了點錢，開了個小醫院。老王的夫人作護士主任，她本是由看護而高升為醫生太太的。老邱的岳父是庶務兼會計。我和老王是這麼打算好，假如老丈人報花帳或是攜款潛逃的話，我們倆就揍老邱；合著老邱是老丈人的保證金。我和老王是一黨，老邱是我們後約的，我們倆總得防備他一下。辦什麼事，不拘多少人，總得分個黨派，留個心眼。不然，看著便不大像回事兒。加上王太太，我們是三個打一個，假如必須打老邱的話。老丈人自然是幫助老邱嘍，可是他年歲大了，有王太太一個人就可把他的鬍子扯淨了。老邱的本事可真是不錯，不說屈心的話。他是專門割痔瘡，手術非常的漂亮，所以請他合作。不過他要是找揍的話，我們也不便太厚道了。

我治內科，老王花柳，老邱專門痔漏兼外科，王太太是看護士主任兼產科，合著我們一共有四科。我們內科，老老實實的講，是道地二五八。一分錢一分貨，我們的內科收費可少呢。要敲是敲花柳與痔瘡，老王和老邱是我們的希望。我和王太太不過是配搭，她就根本不是大夫，對於生產的經驗她有一些，因為她自己生過兩個小孩。至於接生的手術，反正我有太太絕不叫她接生。可是我們得設產科，產科是最有利的。只要順順當當的產下來，至少也得住十天半月的；稀粥爛飯的對付著，住一天拿一天的錢。要是不順順當當的生產呢，那看事作事，臨時再想主意。活人還能叫尿別死？

我們開了張。「大眾醫院」四個字在大小報紙已登了一個半月。名字起的好——辦什麼賺錢的事兒，在這個年月，就是別忘了「大眾」。不賺大眾的錢，賺誰的？這不是真情實理嗎？自然在廣告上我們沒這麼說，因為大眾不愛聽實話的；我們說的是：「為大眾而犧牲，為同胞謀幸福。一切科學化，一切平民化，溝通中西醫術，打破階級思想。」真花了不少廣告費，本錢是得下一些的。把大眾招來以後，再慢慢收拾他們。專就廣告上看，誰也不知道我們的醫院有多麼大。院圖是三層大樓，那是借用近鄰轉運公司的像片，我們一共只有六間平房。

我們開張了。門診施診一個星期，人來的不少，還真是「大眾」，我挑著那稍像點樣子的都給了點各色的蘇打水，不管害的是什麼病。這樣，延遲過一星期好正式收費呀；那真正老號的大眾就乾脆連蘇打水也不給，我告訴他們回家洗洗臉再來，一臉的滋泥，吃藥也是白搭。

忙了一天，晚上我們開了緊急會議，專替大眾不行啊，得設法找「二眾」。我們都後悔了，不該叫「大眾醫院」。有大眾而沒貴族，由哪兒發財去？醫院不是煤油公司啊，早知道還不如乾脆叫「貴族醫院」呢。老邱把刀子沾了多少回消毒水，一個割痔瘡的也沒來！長痔瘡的闊老誰能上「大眾醫院」來割？

老王出了主意：明天包一輛能駛的汽車，我們輪流的跑幾趟，把二姥姥接來也好，把三舅母裝來也行。一到門口看護趕緊往裡攙，接上這麼三四十趟，四鄰的人們當然得佩服我們。

我們都很佩服老王。

「再賃幾輛不能駛的。」老王接著說。

「幹嘛？」我問。

「和汽車行商量借給咱們幾輛正在修理的車，在醫院門口放一天。一會兒叫咕嘟一陣。上咱們這兒看病的人老聽外面咕嘟咕嘟的響，不知道咱們又來了多少坐汽車的。外面的人呢，老看著咱們的門口有一隊汽車，還不虎住？」

我們照計而行，第二天把親戚們接了來，給他們碗茶喝，又給送走。兩個女看護是見一個攙一個，出來進去，一天沒住腳。那幾輛不能活動而能咕嘟的車由一天亮就運來了，五分鐘一陣，輪流的咕嘟，剛一出太陽就圍上一群小孩。我們給汽車隊照了個像，託人給登晚報。老邱的丈人作了篇八股，形容汽車往來的盛況。當天晚上我們都沒能吃飯，車咕嘟得太厲害了，大家都有點頭暈。

不能不佩服老王，第三天剛一開門，汽車，進來位軍官。老王急於出去迎接，忘了屋門是那麼矮，頭上碰了個大包。花柳；老王顧不得頭上的包了，臉笑得一朵玫瑰似的，似乎再碰它七八個包也沒大關係。三語五語，賣了一針六〇六。我們的兩位女看護給軍官解開制服，然後四隻白手扶著他的胳臂，王太太過來先用小胖食指在針穴輕輕點了兩下，然後老王才給用針。軍官不知道東西南北了，看著看護一個勁兒說：「得勁！得勁！得勁！」我在旁邊說了話，再給他一針。老邱也是福至心靈，早預備好了——香片茶加了點鹽。老王叫看護扶著軍官的臂胳，王太太又過來用小胖食指點了點，一針香片下去了。軍官還說得勁，老王這回是自動的又給了他一針龍井。我們的醫院裡喫茶是講究的，老是香片龍井兩著沏。兩針茶，一針六〇六，我們收了他二十五塊錢。本來應當是十元一針，因為三針，減收五元。我們告訴他還得接著來，有十次管保除根。反正我們有的是茶，我心裡說。

把錢交了，軍官還捨不得走，老王和我開始跟他瞎扯，我就誇獎他的不瞞著病——有花柳，趕快治，到我們這裡來治，準保沒危險。花柳是偉人病，正大光明，有病就治，幾針六〇六，完了，什麼事也沒有。就怕像鋪子裡的小夥計，或是中學的學生，得了病藏藏掩掩，偷偷的去找老虎大夫，或是袖口來袖口去買私藥——廣告專貼在公共廁所裡，非糟不可。軍官非常贊跟我的話，告訴我他已上過二十多次醫院。不過哪一回也沒有這一回舒服。我沒往下接碴兒。

老王接過去，花柳根本就不算病，自要勤紮點六〇六。軍官非常贊同老王的話，並且有事實為證——他老是不等完全好了便又接著去逛：反正再紮幾針就是了。老王非常贊同軍官的話，並且願拉個主顧，軍官要是長期紮紮的話，他願減收一半藥費：五塊錢一針。包月也行，一月一百塊錢，不論紮多少針。軍官非常贊同這個主意，可是每次得照著今天的樣子辦，我們都沒言語，可是笑著點了點頭。

軍官汽車剛開走，迎頭來了一輛，四個丫鬟攙下一位太太來。一下車，五張嘴一齊問：有特別房沒有？我推開一個丫鬟，輕輕的托住太太的手腕，攙到小院中。我指著轉運公司的樓房說，「那邊的特別室都住滿了。您還算得湊巧，這裡——我指著我們的幾間小房說——還有兩間頭等房，您暫時將就一下吧。其實這兩間比樓上還舒服，省得樓上樓下的跑，是不是，老太太？」

老太太的第一句話就叫我心中開了一朵花，「唉，這還像個大夫——病人不為舒服，上醫院來幹嘛？東生醫院那群大夫，簡直的不是人！」

「老太太，您上過東生醫院？」我非常驚異的問。

「剛由那裡來，那群王八羔子！」

乘著她罵東生醫院——憑良心說，這是我們這裡最大最好的醫院——我把她攙到小屋裡，我知道，我要是不引著她罵東生醫院，她絕不會住這間小屋，

「您在那兒住了幾天？」我問。

「兩天；兩天就差點要了我的命！」老太太坐在小床上。

我直用腿頂著床沿，我們的病床都好，就是上了點年紀，愛倒。「怎麼上那

兒去了呢？」我的嘴不敢閒著，不然，老太太一定會注意到我的腿的。

「別提了！一提就氣我個倒仰——。你看，大夫，我害的是胃病，他們不給我東西吃！」老太太的淚直要落下來。

「不給您東西吃？」我的眼都圓瞪了。「有胃病不給東西吃？蒙古大夫！就憑您這個年紀？老太太您有八十了吧？」

老太太的淚立刻收回去許多，微微的笑著：「還小呢。剛五十八歲。」

「和我的母親同歲，她也是有時候害胃口疼！」我抹了抹眼睛。「老太太，您就在這兒住吧，我準把那點病治好了。這個病全仗著好保養，想吃什麼就吃：吃下去，心裡一舒服，病就減去幾分，是不是，老太太？」

老太太的淚又回來了，這回是因為感激我。「大夫，你看，我專愛吃點硬的，他們偏叫我喝粥，這不是故意氣我嗎？」

「您的牙口好，正應當吃口硬的呀！」我鄭重的說。

「我是一會兒一餓，他們非到時候不准我吃！」

「糊塗東西們！」

「半夜裡我剛睡好，他們把小玻璃棍放在我嘴裡，試什麼度。」

「不知好歹！」

「我要便盆，那些看護說，等一等，大夫就來，等大夫查過病去再說！」

「該死的玩藝兒！」

「我剛掙紮著坐起來，看護說，躺下。」

「討厭的東西！」

我和老太太越說越投緣，就是我們的屋子再小一點，大概她也不走了。爽性我也不再用腿頂著床了，即使床倒了，她也能原諒。

「你們這裡也有看護呀？」老太太問。

「有，可是沒關係。」我笑著說。「您不是帶來四個丫鬟嗎？叫她們也都住院就結了。您自己的人當然伺候的周到；我乾脆不叫看護們過來，好不好？」

「那趕情好啦，有地方呀？」老太太好像有點過意不去了。

「有地方，您乾脆包了這個小院吧。四個丫鬟之外，不妨再叫個廚子來，您愛吃什麼吃什麼。我只算您一個人的錢，丫鬟廚子都白住，就算您五十塊錢一天。」

老太太嘆了口氣：「錢多少的沒有關係，就這麼辦吧。春香，你回家去把廚子叫來，告訴他就手兒帶兩隻鴨子來。」

我後悔了：怎麼才要五十塊錢呢？真想抽自己一頓嘴巴！幸而我沒說藥費在內；好吧，在藥費上找齊兒就是了；反正看這個來派，這位老太太至少有一個兒子當過師長。況且，她要是天天吃火燒夾烤鴨，大概不會三五天就出院，事情也得往長裡看。

醫院很有個樣子了：四個丫鬟穿梭似的跑出跑入，廚師傅在院中牆根砌起一座爐灶，好像是要辦喜事似的。我們也不客氣，老太太的果子隨便拿起就嘗，全鴨子也吃它幾塊。始終就沒人想起給她看病，因為注意力全用在看她買來什麼好吃食。

老王和我總算開了張，老邱可有點掛不住了。他手裡老拿著刀子。我都直躲他，恐怕他拿我試試手。老王直勸他不要著急，可是他太好勝，非也給醫院弄個幾十塊不甘心。我佩服他這種精神。

吃過午飯，來了！割痔瘡的！四十多歲，胖胖的，肚子很大。王太太以為他是來生小孩，後來看清他是男性，才把他讓給老邱。老邱的眼睛都紅了。三言五語，老邱的刀子便下去了。四十多歲的小胖子疼得直叫喚，央告老邱用點麻藥。老邱可有了話：

「咱們沒講下用麻藥哇！用也行，外加十塊錢。用不用？快著！」

小胖子連頭也沒敢搖。老邱給他上了麻藥。又是一刀，又停住了：「我說，你這可有管子，剛才咱們可沒講下割管子。還往下割不割？往下割的話，外加三十塊錢。不的話，這就算完了。」

我在一旁，暗伸大指，真有老邱的！拿住了往下敲，是個辦法！

四十多歲的小胖子沒有駁回，我算計著他也不能駁回。老邱的手術漂亮，話也說得脆，一邊割管子一邊宣傳：「我告訴你，這點事兒值得你二百塊錢；不過，我們不敲人；治好了只求你給傳傳名。趕明天你有工夫的時候，不妨來看看。我這些傢夥用四萬五千倍的顯微鏡照，照不出半點微生物！」

胖子一聲也沒出，也許是氣糊塗了。

老邱又弄了五十塊。當天晚上我們打了點酒，托老太太的廚子給做了幾樣菜。菜的材料多一半是利用老太太的。一邊吃一邊討論我們的事業，我們決定添設打胎和戒菸。老王主張暗中宣傳檢查身體，凡是要考學校或保壽險的，哪怕已經作下壽衣，預備下棺材，我們也把體格表填寫得好好的；只要交五元的檢查費就行。這一案也沒費事就透過了。老邱的老丈人最後建議，我們匀出幾塊錢，自己掛塊匾。老人出老辦法，可是總算有心愛護我們的醫院，我們也就沒反對。老丈人已把匾文擬好——仁心仁術。陳腐一點，不過也還恰當。我們議決，第二天早晨由老丈人上早市去找塊舊匾。王太太說，把匾油飾好，等門口有過娶媳婦的，藉著人家的樂隊吹打的時候，我們就掛匾。到底婦女的心細，老王特別顯著驕傲。

歪毛兒

小的時候，我們倆——我和白仁祿——下了學總到小茶館去聽評書。我倆每天的點心錢不完全花在點心上，留下一部分給書錢。雖然茶館掌櫃孫二大爺並不一定要我們的錢，可是我倆不肯白聽。其實，我倆真不夠聽書的派兒：我那時腦後梳著個小墜根，結著紅繩兒；仁祿梳倆大歪毛。孫二大爺用小籮打錢的時候，一到我倆面前便低聲的說，「歪毛子！」把錢接過去，他馬上笑著給我們抓一大把煮毛豆角，或是花生米來：「吃吧，歪毛子！」他不大愛叫我小墜根，我未免有點不高興。可是說真的，仁祿是比我體面的多。他的臉正像年畫上的白娃娃的，雖然沒有那麼胖。單眼皮，小圓鼻子，清秀好看。一跑，倆歪毛左右開弓的敲著臉蛋，像個撥浪鼓兒。青嫩頭皮，剃頭之後，誰也想輕敲他三下——剃頭打三光。就是稍打重了些，他也不急。

他不淘氣，可是也有背不上書來的時候。歪毛仁祿背不過書來本可以不挨打，師娘不准老師打他，他是師娘的歪毛寶貝：上街給她買一縷白棉花線，或是打倆小錢的醋，都是仁祿的事兒。可是他自己找打。每逢背不上書來，他比老師的脾氣還大。他把小臉別紅，鼻子皺起一塊兒，對先生說：「不背！不背！」不等老師發作，他又添上：「就是不背，看你怎樣！」老師磨不開臉了，只好拿板子吧。仁祿不擦磨手心，也不遲宕，單眼皮眨巴的特別快，搖著倆歪毛，過去領受手板。打完，眼淚在眼眶裡轉，轉好大半天，像水花打旋而滲不下去的樣兒。始終他不許淚落下來。過了一會兒，他的脾氣消散了，手心搓著膝蓋，低著頭唸書，沒有聲音，小嘴像熱天的魚，動得很快很緊。

奇怪，這麼清秀的小孩，脾氣這麼硬。

到了入中學的年紀，他更好看了。還不甚胖，眉眼可是開展了。我們臉上都起了小紅膿泡，他還是那麼白淨。後一無入中學，上一班的學生便有一個擠了他一膀子，然後說：「對不起，姑娘！」仁祿一聲沒出，只把這位學友的臉打成麵包子。他不是打架呢，是拚命，連勸架的都受了點掛誤傷。第二天，他沒來上課。他又考入別的學校。

一直有十幾年的工夫，我們倆沒見面。聽說，他在大學畢了業，到外邊去作事。

去年舊曆年前的末一次集，天很冷。千佛山上蓋著些厚而陰寒的黑雲。尖溜溜的小風，鬼似的掏人鼻子與耳唇。我沒事，住的又離山水溝不遠，想到集上看看。集上往往也有幾本好書什麼的。

我以為天寒人必少，其實集上並不冷靜；無論怎冷，年總是要過的。我轉了一圈，沒看見什麼對我的路子的東西——大堆的海帶菜，財神的紙像，凍得鐵硬的豬肉電影，都與我沒有多少緣分。本想不再繞，可是極南邊有個地攤，擺著幾本書，引起我的注意，這個攤子離別的買賣有兩三丈遠，而且地點是遊人不大來到的。設若不是我已走到南邊，設若不是我注意書藉，我絕不想過去。我走過去，翻了翻那幾本書——都是舊英文教科書，我心裡說，大年底下的誰買舊讀本？看書的時候，我看見賣書人的腳，一雙極舊的棉鞋，可是緞子的；襪子還是夏季的單線襪。別人都跺跺著腳，天是真冷；這雙腳好像凍在地上，不動。把書合上我便走開了。

大概誰也有那個時候：一件極不相干的事，比如看見一群蟻擒住一個綠蟲，或是一個癩狗被打，能使我們不痛快半天，那個掙紮的蟲或是那條癩狗好似貼在我們心上，像塊病似的。這雙破緞子鞋就是這樣貼在我的心上。走了幾步，我不由的回了頭。賣書的正彎身擺那幾本書呢。其實我並沒給弄亂：只那麼幾本，也無從亂起。我看出來，他不是久幹這個的。逢集必趕的賣零碎的不這樣細心。他穿著件舊灰色棉袍，很單薄，頭上戴著頂沒人要的老式帽頭。由他的身上，我看到南圩子牆，千佛山，山上的黑雲，結成一片清冷。我好似被他吸引住了。決定回去，雖然覺得不好意思的。我知道，走到他跟前，我未必敢端詳他。他身上有那麼一股高傲勁兒，像破廟似的，雖然破爛而仍令人心中起敬。我說不上來那幾步是怎樣走回去的，無論怎說吧，我又立在他面前。

我認得那兩隻眼，單眼皮兒。其餘的地方我一時不敢相認，最清楚的記憶也不敢反抗時間，我倆已十幾年沒見了。他看了我一眼，趕快把眼轉向千佛山去：一定是他了，我又認出這個神氣來。

「是不是仁祿哥？」我大著膽問。

他又掃了我一眼，又去看山，可是極快的又轉回來。他的瘦臉上沒有任何表示，只是腮上微微的動了動，傲氣使他不願與我過話，可是「仁祿哥」三個字打動了他的心。他沒說一個字，拉住我的手。手冰硬。臉朝著山，他無聲的笑了笑。

「走吧，我住的離這兒不遠。」我一手拉著他，一手拾起那幾本書。

他叫了我一聲。然後待了一會兒，「我不去！」

我抬起頭來，他的淚在眼內轉呢。我鬆開他的手，把幾本書夾起來，假裝笑著，「你走也得走，不走也得走！」

「待一會兒我找你去好了。」他還是不動。

「你不用！」我還是故意打哈哈似的說：「待一會兒？管保再也找不到你了？」

他似乎要急，又不好意思；多麼高傲的人也不能不原諒梳著小辮時候的同學。一走路，我才看出他的肩往前探了許多。他跟我來了。

沒有五分鐘便到了家。一路上，我直怕他和我轉了影壁。他坐在屋中了，我才放心，彷彿一件寶貝確實落在手中。可是我沒法說話了。問他什麼呢？怎麼問呢？他的神氣顯然的是很不安，我不肯把他嚇跑了。

想起來了，還有瓶白葡萄酒呢。找到了酒，又發現了幾個金絲棗。好吧，就拿這些待客吧。反正比這麼僵坐著強。他拿起酒杯，手有點顫。喝下半杯去，他的眼中溼了一點，溼得像小孩冬天下學來喝著熱粥時那樣。

「幾時來到這裡的？」我試著步說。

「我？有幾天了吧？」他看著杯沿上一小片木塞的碎屑，好像是和這片小東西商議呢。

「不知道我在這裡？」

「不知道。」他看了我一眼，似乎表示有許多話不便說，也不希望我再問。我問定了。討厭，但我倆是幼年的同學。「在哪兒住呢？」

他笑了，「還在哪兒住？憑我這個樣？」還笑著，笑得極無聊。

「那好了，這兒就是你的家，不用走了。咱們一塊兒聽鼓書去。趵突泉有三四處唱大鼓的呢：《老殘遊記》，嗳？」我想把他哄喜歡了。「記得小時候一同去聽《施公案》？」

我的話沒得到預期的效果，他沒言語。但是我不失望。勸他酒，酒會打開人的口。還好，他對酒倒不甚拒絕，他的倆臉漸漸有了紅色。我的主意又來了：

「說，吃什麼？麵條？餃子？餅？說，我好去預備。」

「不吃，還得賣那幾本書去呢！」

「不吃？你走不了！」

待了老大半天，他點了點頭，「你還是這麼活潑！」

「我？我也不是咱們梳著小辮時的樣子了！光陰多麼快，不知不覺的三十多了，想不到的事！」

「三十多也就該死了。一個狗才活十來年。」

「我還不那麼悲觀。」我知道已把他引上了路。

「人生還就不是個好玩藝！」他嘆了口氣。

隨著這個往下說，一定越說越遠：我要知道的是他的遭遇。我改變了策略，開始告訴他我這些年的經過，好歹的把人生與悲觀扯在裡面，好不顯著生硬。費了許多周折，我才用上了這個公式——「我說完了，該聽你的了。」

其實他早已明白我的意思，始終他就沒留心聽我的話。要不然，我在引用公式以前還得多繞幾個灣兒呢。他的眼神把我的話刪短了好多。我說完，他好似沒法子了，問了句：

「你叫我說什麼吧？」

這真使我有點難堪。律師不是常常逼得犯人這樣問麼？可是我扯長了臉，反正我倆是有交情的。爽性直說了吧，這或者倒合他的脾氣：

「你怎麼落到這樣？」

他半天沒回答出。不是難以出口，他是思索呢。生命是沒有什麼條理的，老朋友見面不是常常相對無言麼？

「從哪裡說起呢？」他好像是和生命中那些小岔路商議呢。「你記得咱們小的時候，我也不短挨打？」

「記得，都是你那點怪脾氣。」

「還不都在乎脾氣。」他微微搖著頭。「那時候咱倆還都是小孩子，所以我沒對你說過；說真的那時節我自己也還沒覺出來是怎回事。後來我才明白了，是我這兩隻眼睛作怪。」

「不是一雙好好的眼睛嗎？」我說。

「平日是好好的一對眼；不過，有時候犯病。」

「怎樣犯病？」我開始懷疑莫非他有點精神病。

「並不是害眼什麼的那種肉體上的病，是種沒法治的毛病。有時候忽然來了，我能看見些——我叫不出名兒來。」

「幻象？」我想幫他的忙。

「不是幻象，我並沒看見什麼綠臉紅舌頭的。是些形象。也還不是形象；是一股神氣。舉個例說，你就明白了，你記得咱們小時候那位老師？很好的一個人，是不是？可是我一犯病，他就非常的可惡，我所以跟他橫著來了。過了一會兒，我的病犯過去，他還是他，我白挨一頓打。只是一股神氣，可惡的神氣。」

我沒等他說完就問：「你有時候你也看見我有那股神氣吧？」

他微笑了一下：「大概是，我記不甚清了。反正咱倆吵過架，總有一回是因為我看你可惡。萬幸，我們一入中學就不在一處了。不然……你知道，我的病越來越深。小的時候，我還沒覺出這個來，看見那股神氣只鬧一陣氣就完了；後來，我管不住自己了，一旦看出誰可惡來，就是不打架，也不能再和他交往，連一句話也不肯過。現在，在我的記憶中只有幼年的一切是甜密的，因為那時病還不深。過了二十，凡是可惡的都記在心裡！我的記憶是一堆醜惡像片！」他愣起來了。

「人人都可惡？」我問。

「在我犯病的時節，沒有例外。父母兄弟全可惡。要是敷衍，得敷衍一切，生命那才難堪。要打算不敷衍，得見一個打一個，辦不到。慢慢的，我成了個無家無小沒有一個朋友的人。幹嘛再交朋友呢？怎能交朋友呢？明知有朝一日便看出他可惡！」

我插了一句：「你所謂的可惡或者應當改為軟弱，人人有個弱點，不見得就可惡。」

「不是弱點。弱點足以使人生厭，可也能使人憐憫。譬如對一個愛喝醉了的人，我看見的不是這個。其實不用我這對眼也能看出點來，你不信這麼試試，你也能看出一些，不過不如我的眼那麼強就是了。你不用看人臉的全部，而單看他的眼，鼻子，或是嘴，你就看出點可惡來。特別是眼與嘴，有時一個人正和你講道德說仁義，你能看見他的眼中有張活的春畫正在動。那嘴，露著牙噴糞的時節單要笑一笑！越是上等人越可惡。沒受過教育的好些，也可惡，可是可惡得明顯一些；上等人會遮掩。假如我沒有這麼一對眼，生命豈不是個大騙局？還舉個例說吧，有一回我去看戲，旁邊來了個三十多歲的人，很體面，穿得也講究。我的眼一斜，看出來，他可惡。我的心中冒了火。不幹我的事，誠然；可是，為什麼可惡的人單要一張體面的臉呢？這是人生的羞恥與錯處。正在這麼個當兒，查票了。這位先生沒有票，瞪圓了眼向查票員說：『我姓王，沒買過票，就是日本人查票，我姓王的還是不買！』我沒法管束自己了。我並不是要懲罰他，是要把他的原形真面目打出來。我給了他一個頂有力的嘴巴。你猜他怎樣？他嘴裡嚷著，走了。要不怎說他可惡呢。這不是弱點，是故意的找打——只可惜沒人常打他。他的原形是追著叫化子亂咬的母狗。幸而我那時節犯了病，不然，他在我眼中也是個體面的雄狗了。」

「那麼你很願意犯病！」我故意的問。

他似乎沒聽見，我又重了一句，他又微笑了笑。「我不能說我以這個為一種享受；不過，不犯病的時候更難堪——明知人們可惡而看不出，明知是夢而醒不了。病來了，無論怎樣吧，我不至於無聊。你看，說打就打，多少有點意思。最有趣的是打完了人，人們還不敢當面說我什麼，只在背後低聲的說，這是個瘋子。我沒遇上一個可惡而硬正的人；都是些虛偽的軟蛋。有一回我指著個軍人的臉說他可惡，他急了，把槍掏出來，我很喜歡。我問他：你幹什麼？哼，他把槍收回去了，走出老遠才敢回頭看我一眼；可惡而沒骨頭的東西！」他又愣了一會兒。「當初，我是怕犯病。一犯病就吵架，事情怎會作得長遠？久而久之，我怕不犯病了。不犯病就得找事去作，閒著是難堪的事。可是有事便有人，有人就可惡。一來二去，我立在了十字路口：長期的抵抗呢？還是敷衍一下？不能決定。病犯了不由的便惹是非，可是也有一月兩月不犯的時候。我能專等著犯病，什麼也不幹？不能！剛要幹點什麼，病又來了。生命彷彿是拉鋸玩呢。有一回，半年多沒犯病。好了，我心裡說，再找回人生的舊轍吧；既然不願放火，煙還是由煙筒出去好。我回了家，老老實實去作孝子賢孫。臉也常刮一刮，表示出誠意的敷衍。既然看不見人中的狗臉，我假裝看見狗中的人臉，對小貓小狗都很和氣，閒著也給小貓梳梳毛，帶著狗去溜個圈。我與世界復和了。人家世界本是熱熱鬧鬧的混，咱幹嘛非硬拐硬碰不可呢。這時候，我的文章作多了。第一，我想組織家庭，把油鹽柴米的責任加在身上也許會治好了病。況且，我對婦人的印象比較的好。在我的病眼中經過的多數是男人。雖然這也許是機會不平的關係，可是我硬認定女子比男子好一些。作文章嗎？人們大概都很會替生命作文章。我想，自要找到個理想的女子，大概能馬馬虎虎的混幾十年。文章還不盡於此，原先我不是以眼的經驗斷定人人可惡嗎，現在改了。我這麼想了：人人可惡是個推論，我並沒親眼看見人人可惡呀。也許人人可惡，而我不永遠是犯著病，所以看不出。可也許世上確有好人，完全人，就是立在我的病眼前面，我也看不出他可惡來。我並不曉得哪時犯病；看見面前的人變了樣，我才曉得我是犯了病？焉知沒有我已犯病而看不出人家可惡的時候呢？假如那是個根本不可惡的人。這麼一作文章，我的希望更大了。我決定不再硬了，結婚，組織家庭，生胖小子；人家都快活的過日子，我幹嘛放著熟葡萄不吃，單檢酸的吃呢？文章作得不錯。」

他休息了一會兒，我沒敢催促他。給他滿上了酒。

「還記得我的表妹？」他突然的問：「咱們小時候和她一塊兒玩耍過。」

「小名叫招弟兒？」我想起來，那時候她耳上戴著倆小綠玉艾葉兒。

「就是。她比我小兩歲，還沒出嫁；等著我呢，好像是。想作文章就有材料，你看她等著我呢。我對她說了一切，她願意跟我。我倆定了婚。」他又半天沒言語，連喝了兩三口酒。「有一天，我去找她，在路上我又犯了病。一個七八歲小女孩，拿著個粗碗，正在路中走。來了輛汽車。聽見喇叭響，她本想往前跑，可是跑了一步，她又退回來了。車到了跟前，她蹲下了。車幸而猛的收住。在這個工夫，我看見車伕的臉。非常的可惡。在事實上他停住了車；心裡很願意把那個小女孩軋死，軋，來回的軋，軋碎了。作文章才無聊呢。我不能再找表妹去了。我的世界是個醜惡的，我不能把她也拉進來。我又跑了出來；給她一封極簡短的信——不必再等我了。有過希望以後，我硬不起來了。我忽然的覺到，焉知我自己不可惡呢，不更可惡呢？這一疑慮，把硬氣都跑了。以前，我見著可惡的便打，至少是瞪他那麼一眼，使他哆嗦半天。我雖不因此得意，可是非常的自信——信我比別人強。及至一想結婚，與世界共同敷衍，壞了；我原來不比別人強，不過只多著雙病眼罷了。我再沒有勇氣去打人了，只能消極的看誰可惡就躲開他。很希望別人指著臉子說我可惡，可是沒人肯那麼辦。」他又愣了一會兒。「生命的真文章比人作的更周到？你看，我是剛從獄裡出來。是這麼回事，我和土匪們一塊混來著。我既是也可惡，跟誰在一塊不可以呢。我們的首領總算可惡得到家，接了贖款還把票兒撕了。綁來票砌在炕洞裡。我沒打他，我把他賣了，前幾天他被槍斃了。在公堂上，我把他的罪惡都抖出來。他呢，一句也沒扳我，反倒替我解脫。所以我只住了幾天獄，沒定罪。頂可惡的人原來也有點好心：撕票兒的惡魔不賣朋友！我以前沒想到過這個。耶穌為仇人，為土匪禱告：他是個人物。他的眼或者就和我這對一樣，可是他能始終是硬的，因為他始終是軟的。普通人只能軟，不能硬，所以世界沒有骨氣。我只能硬，不能軟，現在沒法安置我自己。人生真不是個好玩藝。」

他把酒喝淨，立起來。

「飯就好。」我也立起來。

「不吃！」他很堅決。

「你走不了，仁祿！」我有點急了。「這兒就是你的家！」

「我改天再來，一定來！」他過去拿那幾本書。

「一定得走？連飯也不吃？」我緊跟著問。

「一定得走！我的世界沒有友誼。我既不認識自己，又好管教別人。我不能享受有秩序的一個家庭，像你這個樣。只有瞎走亂撞還舒服一些。」

我知道，無須再留他了。愣了一會兒，我掏出點錢來。

「我不要！」他笑了笑：「餓不死。餓死也不壞。」

「送你件衣裳橫是行了吧？」我真沒法兒了。

他愣了會兒。「好吧，誰叫咱們是幼時同學呢。你準是以為我很奇怪，其實我已經不硬了。對別人不硬了。對自己是沒法不硬的，你看那個最可惡的土匪也還有點骨氣。好吧，給我件你自己身上穿著的吧。那件毛衣便好。有你身上的一些熱氣便不完全像禮物了。我太好作文章！」

我把毛衣脫給他。他穿在棉袍外邊，沒顧得扣上鈕子。空中飛著些雪片，天已遮滿了黑雲。我送他出去，誰也沒說什麼，一個陰慘的世界，好像只有我們倆的腳步聲兒。到了門口，他連頭也沒回，探著點身在雪花中走去。

柳家大院

這兩天我們的大院裡又透著熱鬧，出了人命。

事情可不能由這兒說起，得打頭兒來。先交代我自己吧，我是個算命的先生。我也賣過酸棗落花生什麼的，那可是先前的事了。現在我在街上擺卦攤，好了呢一天也抓弄個三毛五毛的。老伴兒早死了，兒子拉洋車。我們爺兒倆住著柳家大院的一間北房。

除了我這間北房，大院裡還有二十多間房呢。一共住著多少家子？誰記得清！住兩間房的就不多，又搭上今個搬來，明兒又搬走，我沒有那麼好記性。大家見面招呼聲「吃了嗎」，透著和氣；不說呢，也沒什麼。大家一天到晚為嘴奔命，沒有工夫扯閒盤兒。愛說話的自然也有啊，可是也得先吃飽了。

還就是我們爺兒倆和王家可以算作老住戶，都住了一年多了。早就想搬家，可是我這間屋子下雨還算不十分漏；這個世界哪去找不十分漏水的屋子？不漏的自然有哇，也得住得起呀！再說，一搬家又得花三份兒房錢，莫如忍著吧。晚報上常說什麼「平等」，銅子兒不平等，什麼也不用說。這是實話。就拿媳婦們說吧，娘家要是不使彩禮，她們一定少挨點揍，是不是？

王家是住兩間房。老王和我算是柳家大院裡最「文明」的人了。「文明」是三孫子，話先說在頭裡。我是算命的先生，眼前的字兒頗念一氣。天天我看倆大子的晚報。「文明」人，就憑看篇晚報，別裝孫子啦！老王是給一家洋人當花匠，總算混著洋事。其實他會種花不會，他自己曉得；若是不會的話，大概他也不肯說。給洋人院裡剪草皮的也許叫做花匠；無論怎說吧，老王有點好吹。有什麼意思？剪草皮又怎麼低得呢？老王想不開這一層。要不怎麼窮人沒起色呢，窮不是，還好吹兩句！大院裡這樣的人多了，老跟「文明」人學；好像「文明」人的吹鬍子瞪眼睛是應當應分。反正他賺錢不多，花匠也罷，草匠也罷。

老王的兒子是個石匠，腦袋還沒石頭順溜呢，沒見過這麼死巴的人。他可是好石匠，不說屈心話。小王娶了媳婦，比他小著十歲，長得像擱陳了的窩窩頭，一腦袋黃毛，永遠不樂，一挨揍就哭，還是不短挨揍。老王還有個女兒，大概也有十四五歲了，又賊又壞。他們四口住兩間房。

除了我們兩家，就得算張二是老住戶了，已經在這兒住了六個多月。雖然欠下倆月的房錢，可是還對付著沒叫房東給攆出去。張二的媳婦嘴真甜甘，會說話；這或者就是還沒叫攆出去的原因。自然她只是在要房租來的時候嘴甜甘；房東一轉身，你聽她那個罵。誰能不罵房東呢；就憑那麼一間狗窩，一月也要一塊半錢？！可是誰也沒有她罵得那麼到家，那麼解氣。連我這老頭子都有點愛上她了，不為別的，她真會罵。可是，任憑怎麼罵，一間狗窩還是一塊半錢。這麼一想，我又不愛她了。沒真章兒，罵罵算得了什麼呢。

張二和我的兒子同行，拉車。他的嘴也不善，喝倆銅子的貓尿能把全院的人說暈了；窮嚼！我就討厭窮嚼，雖然張二不是壞心腸的人。張二有三個小孩，大的檢煤核，二的滾車轍，三的滿院爬。

提起孩子來了，簡直的說不上來他們都叫什麼。院子裡的孩子足夠一混成旅，怎能記得清楚呢？男女倒好分，反正能光眼子就光著。在院子裡走道總得小心點；一慌，不定踩在誰的身上呢。踩了誰也得鬧一場氣。大人全別著一肚子委屈，可不就抓個碴兒吵一陣吧。越窮，孩子越多，難道窮人就不該養孩子？不過，窮人也真得想個辦法。這群小光眼子將來都幹什麼去呢？又跟我的兒子一樣，拉洋車？我倒不是說拉洋車就低得，我是說人就不應當拉車；人嗎，當牲口?可是,好些個還活不到拉車的年紀呢。今年春天鬧瘟疹,死了一大批。最愛打孩子的爸爸也裂著大嘴的哭,自己的孩子有個不心疼的?可是哭完也就完了,小席頭一卷,夾出城去,死了死了,省吃是真的。腰裡沒錢心似鐵,我常這麼說。這不像一句話,是得想個辦法!

除了我們三家子,人家還多著呢。可是我只提這三家子就夠了。我不是說柳家大院出了人命嗎?死的就是王家那個小媳婦——像窩窩頭的那位。我又說她像窩窩頭,這可不是拿死人打哈哈。我也不是說她「的確」像窩窩頭。我是替她難受,替和她差不多的姑娘媳婦們難受。我就常思索,憑什麼好好的一個姑娘,養成像窩窩頭呢?從小兒不得吃,不得喝,還能油光水滑的嗎?是,不錯,可是憑什麼呢?

少說閒話吧;是這麼回事:老王第一個不是東西。我不是說他好吹嗎?是,事事他老學那些「文明」人。娶了兒媳婦,喝,他不知道怎麼好了。一天到晚對兒媳婦挑鼻子弄眼睛,派頭大了。為三個錢的油,兩個大的醋,他能鬧得翻江倒海。我知道,窮人肝氣旺,愛吵架。老王可是有點存心找毛病;他鬧氣,不為別的，專為學學「文明」人的派頭。他是公公；媽的，公公幾個子兒一個！我真不明白，為什麼窮小子單要充「文明」，這是哪一股兒毒氣呢？早晨，他起得早，總得也把小媳婦叫起來，其實有什麼事呢？他要立這個規矩，窮酸！她稍微晚起來一點，聽吧，這一頓揍！

我知道，小媳婦的娘家使了一百塊的彩禮。他們爺兒倆大概再有一年也還不清這筆虧空，所以老拿小媳婦洩氣。可是要專為這一百塊錢鬧氣，也倒罷了，雖然小媳婦已經夠冤枉的。他不是專為這點錢。他是學「文明」人呢，他要作足了公公的氣派。他的老伴不是死了嗎，他想把婆婆給兒媳婦的折磨也由他承辦。他變著方兒挑她的毛病。她呢，一個十七歲的孩子可懂得什麼？跟她要排場？我知道他那些排場是打哪兒學來的：在茶館裡聽那些「文明」人說的。他就是這麼個人——和「文明」人要是過兩句話，替別人吹幾句，臉上立刻能紅堂堂的。在洋人家裡剪草皮的時候，洋人要是跟他過一句半句的話，他能把尾巴擺動三天三夜。他確是有尾巴。可是他擺了一輩子的尾巴了，還是他媽的住破大院啃窩窩頭。我真不明白！

老王上工去的時候，把磨折兒媳婦的辦法交給女兒替他辦。那個賊丫頭！我一點也沒有看不起窮人家的姑娘的意思；她們給人家作丫鬟去呀，作二房去呀，當窯姐去呀，是常有的事（不是應該的事），那能怨她們嗎？不能！可是我討厭王家這個二妞，她和她爸爸一樣的討人嫌，能鑽天覓縫的給她嫂子小鞋穿，能大睜白眼的造早謠言給嫂子使壞。我知道她為什麼這麼壞，她是由那個洋人供給著在一個工讀學校唸書，她一萬多個看不上她的嫂子。她也穿雙整鞋，頭髮上也戴著把梳子，瞧她那個美！我就這麼思索這回事：世界上不應當有窮有富。可是窮人要是狗著有錢的，往高處爬，比什麼也壞。老王和二妞就是好例子。她嫂子要是作雙青布新鞋，她變著方兒給踩上泥，然後叫他爸爸罵兒媳婦。我沒工夫細說這些事兒，反正這個小媳婦沒有一天得著好氣；有的時候還吃不飽。

小王呢，石廠子在城外，不住在家裡。十天半月的回來一趟，一定揍媳婦一頓。在我們的柳家大院，揍兒媳婦是家常便飯。誰叫老婆吃著男子漢呢，誰叫娘家使了彩禮呢，挨揍是該當的。可是小王本來可以不揍媳婦，因為他輕易不家來，還願意回回鬧氣嗎？哼，有老王和二妞在旁邊唧咕啊。老王罰兒媳婦挨餓，跪著；到底不能親自下手打，他是自居為「文明」人的，哪能落個公公打兒媳婦呢？所以挑唆兒子去打；他知道兒子是石匠，打一回勝似別人打五回的。兒子打完了媳婦，他對兒子和氣極了。二妞呢，雖然常擰嫂子的胳臂，可也究竟是不過癮，恨不能看著哥哥把嫂子當作石頭，一咂子碎才痛快，我告訴你，一個女人要是看不起一個女人的，那就是活對頭。二妞自居女學生；嫂子不過是花一百塊錢買來的一個活窩窩頭。

王家的小媳婦沒有活路。心裡越難受，對人也越不和氣；全院裡沒有愛她的人。她連說話都忘了怎麼說了。也有痛快的時候，見神見鬼的鬧「撞客」。總是在小王揍完她走了以後，她又哭又說，一個人鬧歡了。我的差事來了，老王和我借憲書，抽她的嘴巴。他怕鬼，叫我去抽。等我進了她的屋子，把她安慰得不哭了——我沒抽過她，她要的是安慰，幾句好話——他進來了，掐她的人中，用草紙熏；其實他知道她已緩醒過來，故意的懲治她。每逢到這個接骨眼，我和老王吵一架。平日他們吵鬧我不管；管又有什麼用呢？我要是管，一定是向著小媳婦；這豈不更給她添毒？所以我不管。不過，每逢一鬧撞客，我們倆非吵不可了，因為我是在那兒，眼看著，還能一語不發？奇怪的是這個，我們倆吵架，院裡的人總說我不對；婦女們也這麼說。他們以為她該挨揍。他們也說我多事。男的該打女的，公公該管教兒媳婦，小姑子該給嫂子氣受，他們這群男女信這個！怎麼會信這個呢？誰教給他們的呢？那個王八蛋三孫子「文明」可笑，又可哭，肚子餓得像兩層皮的臭蟲，還信「文明」呢？！

前兩天，石匠又回來了。老王不知怎麼一時心順，沒叫兒子揍媳婦，小媳婦一見大家歡天喜地，當然是喜歡，臉上居然有點像要笑的意思。二妞看見了這個，彷彿是看見天上出了兩個太陽。一定有事！她嫂子正在院子裡作飯，她到嫂子屋裡去搜開了。一定是石匠哥哥給嫂子買來了貼己的東西，要不然她不會臉上笑出來。翻了半天，什麼也沒翻出來。我說「半天」，意思是翻得很詳細；小媳婦屋裡的東西還多得了嗎？我們的大院裡湊到一塊也找不出兩張整桌子來，要不怎麼不鬧賊呢。我們要是有錢票，是放在襪筒兒裡。

二妞的氣大了。嫂子臉上敢有笑容？不管查得出私弊查不出，反正得懲治她！

小媳婦正端著鍋飯澄米湯，二妞給了她一腳。她的一鍋飯出了手。「米飯」！不是丈夫回來，誰敢出主意吃「飯」！她的命好像隨著飯鍋一同出去了。米湯還沒澄乾，稀粥似的，雪白的飯，攤在地上。她拚命用手去捧，滾燙，顧不得手；她自己還不如那鍋飯值錢呢。實在太熱，她捧了幾把，疼到了心上，米汁把手糊住。她不敢出聲，咬上牙，紮著兩隻手，疼得直打轉。

「爸！瞧她把飯全灑在地上啦！」二妞喊。

爺兒倆全出來了。老王一眼看見飯在地上冒熱氣，登時就瘋了。他只看了小王那麼一眼，已然是說明白了：「你是要媳婦，還是要爸爸？」

小王的臉當時就漲紫了，過去揪住小媳婦的頭髮，拉倒在地。小媳婦沒出一聲，就人事不知了。

「打！往死了打！打！」老王在一旁嚷，腳踢起許多土來。

二妞怕嫂子是裝死，過去擰她的大腿。

院子裡的人都出來看熱鬧，男人不過來勸解，女的自然不敢出聲；男人就是喜歡看別人揍媳婦——給自己的那個老婆一個榜樣。

我不能不出頭了。老王很有揍我一頓的意思。可是我一出頭，別的男人也蹭過來。好說歹說，算是勸開了。

第二天一清早，小王老王全去作工。二妞沒上學，為是繼續給嫂子氣受。

張二嫂動了善心，過來看看小媳婦，因為張二嫂自信會說話，所以一安慰小媳婦，可就得罪了二妞。她們倆抬起來了。當然二妞不行，她還說得過張二嫂！「你這個丫頭要不下窯子，我不姓張！」一句話就把二妞罵悶過去了，「三禿子給你倆大子，你就叫他親嘴；你當我沒看見呢？有這麼回事沒有？有沒有？」二嫂的嘴就堵著二妞的耳朵眼，二妞直往後退，還說不出話來。

這一場過去，二妞搭訕著上了街，不好意思再和嫂子鬧了。

小媳婦一個人在屋裡，工夫可就大啦。張二嫂又過來看一眼，小媳婦在炕上躺著呢，可是穿著出嫁時候的那件紅襖。張二嫂問了她兩句，她也沒回答，只扭過臉去。張家的小二，正在這麼工夫跟個孩子打起來，張二嫂忙著跑去解圍，因為小二被敵人給按在底下了。

二妞直到快吃飯的時候才回來，一直奔了嫂子的屋子去，看看她作好了飯沒有。二妞向來是不動手作飯的，女學生嗎！一開屋門，她失了魂似的喊了一聲，嫂子在門梁上吊著呢！院子的人全嚇驚了，沒人想起把她摘下來，好鞋不踩臭狗屎，誰肯往人命事兒裡攙合呢？

二妞捂著眼嚇成孫子了。「還不找你爸爸去？！」不知道誰說了這麼一句，她扭頭就跑，彷彿鬼在後頭追她呢。

老王回來也傻了。小媳婦是沒有救兒了；這倒不算什麼，髒了房，人家房東能饒得了他嗎？再娶一個，只要有錢；可是上次的債還沒歸清呢！這些個事叫他越想越氣，真想咬吊死鬼兒幾塊肉才解氣！

娘家來了人，雖然大嚷大鬧，老王並不怕。他早有了預備，早問明白了二妞，小媳婦是受張二嫂的挑唆才想上吊；王家沒逼她死，王家沒給她氣受。你看，老王學「文明」人真學得到家，能瞪著眼扯謊。

張二嫂可抓了瞎，任憑怎麼能說會道，也禁不住賊咬一口，入骨三分！人命，就是自己能分辯，丈夫回來也得鬧一陣。打官司自然是不會打的，柳家大院的人還敢打官司？可是老王和二妞要是一口咬定，小媳婦的娘家要是跟她要人呢，這可不好辦！柳家大院是不講情理的，老王要是咬定了她，她還就真跑不了。誰叫自己平日愛說話呢，街坊們有不少恨著她的，就棍打腿，他們還不一擁而上把她「打倒」，用個晚報上的字眼。果不其然，張二一回來就聽說了，自己的媳婦惹了禍。誰還管青紅皂白，先揍完再說，反正打媳婦是理所當然的事。張二嫂挨了頓好的，全大院都覺得十分的痛快。

小媳婦的娘家不打官司；要錢：沒錢再說厲害的。老王怕什麼偏有什麼；前者娶兒媳婦的錢還沒還清，現在又來了一檔子！可是，無論怎樣，也得答應著拿錢，要不然屋裡放著吊死鬼，總不像句話。

小王也回來了，十分的像個石頭人，可是我看得出，他的心裡很難過，誰也沒把死了的小媳婦放在心上，只有小王進到屋中，在屍首旁邊坐了半天。要不是他的爸爸「文明」，我想他絕不會常打她。可是，爸爸「文明」，兒子也自然是要孝順了，打吧！一打，他可就忘了他的胳臂本是砸石頭的。他一聲沒出，在屋裡坐了好大半天，而且把一條新褲子——就是沒補釘的呀——給媳婦穿上。他的爸爸跟他說什麼，他好像沒聽見。他一個勁兒的吸蝙蝠牌的菸，眼睛不錯眼珠的看著點什麼——別人都看不見的一點什麼。

娘家要一百塊錢——五十是發送小媳婦的，五十歸娘家人用。小王還是一語不發。老王答應了拿錢。他第一個先找了張二去。「你的媳婦惹的禍，沒什麼說的，你拿五十，我拿五十；要不然我把吊死鬼搬到你屋裡來。」老王說得溫和，可又硬張。

張二剛喝了四個大子的貓尿，眼珠子紅著。他也來得不善：「好王大爺的話，五十？我拿！看見沒有？屋裡有什麼你拿什麼好了。要不然我把這兩個大孩子賣給你，還不值五十塊錢？小三的媽！把兩個大的送到王大爺屋裡去！會跑會吃，絕不費事，你又沒個孫子，正好嗎！」

老王碰了個軟的。張二屋裡的陳設大概一共值不了四個子兒！倆孩子？叫張二留著吧。可是，不能這麼輕輕的便宜了張二；拿不出五十呀，三十行不行？張二唱開了《打牙牌》，好像很高興似的。「三十幹嘛？還是五十好了，先寫在帳上，多咱我叫電車軋死，多咱還你。」

老王想叫兒子揍張二一頓。可是張二也挺壯，不一定能揍了他。張二嫂始終沒敢說話，這時候看出一步棋來，乘機會自己找找臉：「姓王的，你等著好了，我要不上你屋裡去上吊，我不算好老婆，你等著吧！」

老王是「文明」人，不能和張二嫂鬥嘴皮子。而且他也看出來，這種野娘們什麼也幹得出來，真要再來個吊死鬼，可就更吃不了兜著走了。老王算是沒敲上張二，張二由《打牙牌》改成了《刀劈三關》。

其實老王早有了「文明」主意，跟張二這一場不過是虛晃一刀。他上洋人家裡去，洋大人沒在家，他給洋太太跪下了，要一百塊錢。洋太太給了他，可是其中的五十是要由老王的工錢扣的，不要利錢。

老王拿著錢回來了，鼻子朝著天。

開張殃榜就使了八塊；陰陽生要不開這張玩藝，麻煩還小得了嗎，這筆錢不能不花。

小媳婦總算死得值，一身新紅洋緞的衣褲，新鞋新襪子，一頭銀白銅的首飾。十二塊錢的棺材。還有五個和尚念了個光頭三。娘家弄了四十多塊去；老王無論如何不能照著五十的數給。

事情算是過去了，二妞可遭了報，不敢進屋子。無論幹什麼，她老看見嫂子在門梁上掛著，穿著紅襖，向她吐舌頭。老王得搬家。可是，髒房誰來住呢？自己住著，房東也許馬馬虎虎不究真兒；搬家，不叫賠房才怪呢。可是二妞不敢進屋睡覺也是個事兒。況且兒媳婦已經死了，何必再住兩間房？讓出那一間去，誰肯住呢？這倒難辦了。

老王又有了高招兒，兒媳婦變成吊死鬼，他更看不起女人了。四五十塊花在吊死鬼身上，還叫她娘家拿走四十多，真堵得慌。因此，連二妞的身分也落下來了。乾脆把她打發了，進點彩禮，然後趕緊再給兒子續上一房。二妞不敢進屋子呀，正好，去她的。賣個三百二百的，除給兒子續娶之外，自己也得留點棺材本兒。

他搭訕著跟我說這個事。我以為要把二妞給我的兒子呢；不是，他是托我給留點神，有對事的外鄉人肯出三百二百的就行。我沒說什麼。

正在這個時候，有人來給小王提親，十八歲的大姑娘，能洗能作，才要一百廿塊錢的彩禮。老王更急了，好像立刻把二妞鏟下去才痛快。

房東來了，因為上吊的事吹到他耳朵裡。老王把他唬回去了：房髒了，我現在還住著呢！這個事怨不上來我呀，我一天到晚不在家；還能給兒媳婦氣受？抵不上有壞街坊，要不是張二的娘們，我的兒媳婦能想起上吊？上吊也倒沒什麼，我呢現在又給兒子張羅著，反正混著洋事，自己沒錢呀，還能和洋人說句話，接濟一步。就憑這回事說吧，洋人送了我一百塊錢！

房東叫他給虎住了，跟旁人一打聽，的的確確是由洋人那兒拿來的錢，而且大家都很佩服老王。房東沒再對老王說什麼，不便於得罪混洋事的。可是張二這個傢夥不是好調貨，欠下兩個月的房租，還由著娘們拉舌頭扯蔟箕，攆他搬家！張二嫂無論怎麼會說，也得補上倆月的房錢，趕快滾蛋！

張二搬走了，搬走的那天，他又喝得醉貓似的。

等著看吧。看二妞能賣多少錢，看小王又娶個什麼樣的媳婦。什麼事呢！「文明」是三孫子，還是那句！

抱孫

難怪王老太太盼孫子呀；不為抱孫子，娶兒媳婦幹嘛？也不能怪兒媳婦成天著急；本來嗎，不是不努力生養呀，可是生下來不活，或是不活著生下來，有什麼法兒呢！就拿頭一胎說吧：自從一有孕，王老太太就禁止兒媳婦有任何操作，夜裡睡覺都不許翻身。難道這還算不小心？哪裡知道，到了五個多月，兒媳婦大概是因為多眨巴了兩次眼睛，小產了！還是個男胎；活該就結了！再說第二胎吧，兒媳婦連眨巴眼都拿著尺寸；打哈欠的時候有兩個丫鬟在左右扶著。果然小心謹慎沒錯處，生了個大白胖小子。可是沒活了五天，小孩不知為了什麼，竟自一聲沒出，神不知鬼不覺的與世長辭了。那是十一月天氣，產房裡大小放著四個火爐，窗戶連個針尖大的窟窿也沒有，不要說是風，就是風神，想進來是怪不容易的。況且小孩還蓋著四床被，五條毛毯，按說夠溫暖的了吧？哼，他竟自死了。命該如此！

現在，王少奶奶又有了喜，肚子大得驚人，看著頗像軋馬路的石碾。看著這個肚子，王老太太心裡彷彿長出兩隻小手，成天抓弄得自己怪要發笑的。這麼豐滿體面的肚子，要不是雙胎才怪呢！子孫娘娘有靈，賞給一對白胖小子吧！王老太太可不只是禱告燒香呀，兒媳婦要吃活人腦子，老太太也不駁回。半夜三更還給兒媳婦送肘子湯，雞絲掛麵……兒媳婦也真作臉，越躺著越餓，點心點心就能吃二斤翻毛月餅：吃得順著枕頭往下流油，被窩的深處能掃出一大碗什錦來。孕婦不多吃怎麼生胖小子呢？婆婆兒媳對於此點完全同意。婆婆這樣，娘家媽也不能落後啊。她是七趟八趟來「催生」，每次至少帶來八個食盒。兩親家，按著哲學上說，永遠應當是對仇人。娘家媽帶來的東西越多，婆婆越覺得這是有意羞辱人；婆婆越加緊張羅吃食，娘家媽越覺得女兒的嘴虧。這樣一競爭，少奶奶可得其所哉，連嘴犄角都吃爛了。

收生婆已經守了七天七夜，壓根兒生不下來。偏方兒，丸藥，子孫娘娘的香灰，吃多了；全不靈驗。到第八天頭上，少奶奶連雞湯都顧不得喝了，疼得滿地打滾。王老太太急得給子孫娘娘跪了一股香，娘家媽把天仙庵的尼姑接來念催生咒；還是不中用。一直鬧到半夜，小孩算是露出頭髮來。收生婆施展了絕技，除了把少奶奶的下部全抓破了別無成績。小孩一定不肯出來。長似一年的一分鐘，竟自過了五六十來分，還是只見頭髮不見孩子。有人說，少奶奶得上醫院。上醫院？王老太太不能這麼辦。好嗎，上醫院去開腸破肚不自自然然的產出來，硬由肚子裡往外掏！洋鬼子，二毛子，能那麼辦；王家要「養」下來的孫子，不要「掏」出來的。娘家媽也發了言，養小孩還能快了嗎？小雞生個蛋也得到了時候呀！況且催生咒還沒唸完，忙什麼？不敬尼姑就是看不起神仙！

又耗了一點鐘，孩子依然很固執。少奶奶直翻白眼。王老太太眼中含著老淚，心中打定了主意：保小的不保大人。媳婦死了，再娶一個；孩子更要緊。她翻白眼呀，正好一狠心把孩子拉出來。找奶媽養著一樣的好，假如媳婦死了的話。告訴了收生婆，拉！娘家媽可不幹了呢，眼看著女兒翻了兩點鐘的白眼！孫子算老幾，女兒是女兒。上醫院吧，別等唸完催生咒了；誰知道尼姑們念的是什麼呢，假如不是催生咒，豈不壞了事？把尼姑打發了。婆婆還是不答應；「掏」，行不開！婆婆不贊成，娘家媽還真沒主意。嫁出的女兒潑出的水，活是王家的人，死是王家的鬼呀。兩親家彼此瞪著，恨不能咬下誰一塊肉才解氣。

又過了半點多鐘，孩子依然不動聲色，乾脆就是不肯出來。收生婆見事不好，抓了一個空兒溜了。她一溜，王老太太有點拿不住勁兒了。娘家媽的話立刻增加了許多分量：「收生婆都跑了，不上醫院還等什麼呢？等小孩死在胎裡哪！」

「死」和「小孩」並舉，打動了王太太的心。可是「掏」到底是行不開的。「上醫院去生產的多了，不是個個都掏。」娘家媽力爭，雖然不一定信自己的話。

王老太太當然不信這個；上醫院沒有不掏的。

幸而娘家爹也趕到了。娘家媽的聲勢立刻浩大起來。娘家爹也主張上醫院。他既然也這樣說，只好去吧。無論怎說，他到底是個男人。雖然生小孩是女人的事，可是在這生死關頭，男人的主意多少有些力量。

兩親家，王少奶奶，和只露著頭髮的孫子，一同坐汽車上了醫院。剛露了頭髮就坐汽車，真可憐的慌，兩親家不住的落淚。

一到醫院，王老太太就炸了煙。怎麼，還得掛號？什麼叫掛號呀？生小孩子來了，又不是買官米打粥，按哪門子號頭呀？王老太太氣壞了，孫子可以不要了，不能掛這個號。可是繼而一看，若不是掛號，人家大有不叫進去的意思。這口氣難嚥，可是還得咽；為孫子什麼也得忍受。設若自己的老爺還活著，不立刻把醫院拆個土平才怪；寡婦不行，有錢也得受人家的欺侮。沒工夫細想心中的委屈，趕快把孫子請出來要緊。掛了號，人家要預收五十塊錢。王老太太可抓住了：「五十？五百也行，老太太有錢！乾脆要錢就結了，掛哪門子浪號，你當我的孫子是封信呢！」

醫生來了。一見面，王老太太就炸了煙，男大夫？男醫生當收生婆？我的兒媳婦不能叫男子大漢給接生。這一陣還沒炸完，又出來兩個大漢，抬起兒媳婦就往床上放。老太太連耳朵都哆嗦開了！這是要造反呀，人家一個年輕輕的孕婦，怎麼一群大漢來動手腳的？「放下，你們這兒有懂人事的沒有？要是有的話，叫幾個女的來！不然，我們走！」

恰巧遇上個頂和氣的醫生，他發了話：「放下，叫她們走吧！」

王老太太嚥了口涼氣，嚥下去砸得心中怪熱的，要不是為孫子，至少得打大夫幾個最響的嘴巴！現官不如現管，誰叫孫子故意鬧脾氣呢。抬吧，不用說廢話。兩個大漢剛把兒媳婦放在帆布床上，看！大夫用兩隻手在她肚子上這一陣按！王老太太閉上了眼，心中罵親家母：你的女兒，叫男子這麼按，你連一聲也不發，德行！剛要罵出來，想起孫子；十來個月的沒受過一點委屈，現在被大夫用手亂杵，嫩皮嫩骨的，受得住嗎？她睜開了眼，想警告大夫。哪知道大夫反倒先問下來了：「孕婦淨吃什麼來著？這麼大的肚子！你們這些人沒辦法，什麼也給孕婦吃，吃得小孩這麼肥大。平日也不來檢驗，產不下來才找我們！」他沒等王老太太回答，向兩個大漢說：「抬走！」

王老太太一輩子沒受過這個。「老太太」到哪兒不是聖人，今天竟自聽了一頓教訓！這還不提，話總得說得近情近理呀；孕婦不多吃點滋養品，怎能生小孩呢，小孩怎會生長呢？難道大夫在胎裡的時候專喝西北風？西醫全是二毛子！不便和二毛子辯駁；拿娘家媽殺氣吧，瞪著她！娘家媽沒有意思挨瞪，跟著女兒就往裡走。王老太太一看，也忙趕上前去。那位和氣生財的大夫轉過身來：「這兒等著！」

兩親家的眼都紅了。怎麼著，不叫進去看看？我們知道你把兒媳婦抬到哪兒去啊？是殺了，還是剮了啊？大夫走了。王老太太把一肚子邪氣全照顧了娘家媽：「你說不掏，看，連進去看看都不行！掏？還許大切八塊呢！宰了你的女兒活該！萬一要把我的孫子——我的老命不要了。跟你拚了吧！」

娘家媽心中打了鼓，真要把女兒切了，可怎辦？大切八塊不是沒有的事呀，那回醫學堂開會不是大玻璃箱裡裝著人腿人腔子嗎？沒辦法！事已至此，跟女兒的婆婆幹吧！「你倒怨我？是誰一天到晚填我的女兒來著？沒聽大夫說嗎？老叫兒媳婦的嘴不閒著，吃出毛病來沒有？我見人見多了，就沒看見一個像你這樣的婆婆！」

「我給她吃？她在你們家的時候吃過飽飯嗎？」王太太反攻。

「在我們家裡沒吃過飽飯，所以每次看女兒去得帶八個食盒！」

「可是呀，八個食盒，我填她，你沒有？」

兩親家混戰一番，全不示弱，罵得也很具風格。

大夫又回來了。果不出王老太太所料，得用手術。手術二字雖聽著耳生，可是猜也猜著了，手要是豎起來，還不是開刀問斬？大夫說：用手術，大人小孩或者都能保全。不然，全有生命的危險。小孩已經誤了三小時，而且絕不能產下來，孩子太大。不過，要施手術，得有親族的簽字。

王老太太一個字沒聽見。掏是行不開的。

「怎樣？快決定！」大夫十分的著急。

「掏是行不開的！」

「願意簽字不？快著！」大夫又緊了一板。

「我的孫子得養出來！」

娘家媽急了：「我簽字行不行？」

王老太太對親家母的話似乎特別的注意：「我的兒媳婦！你算哪道？」

大夫真急了，在王老太太的耳根子上扯開脖子喊：「這可是兩條人命的關係！」

「掏是不行的！」

「那麼你不要孫子了？」大夫想用孫子打動她。

果然有效，她半天沒言語。她的眼前來了許多鬼影，全似乎是向她說：「我們要個接續香煙的，掏出來的也行！」

她投降了。祖宗當然是願要孫子；掏吧！「可有一樣，掏出來得是活的！」她既是聽了祖宗的話，允許大夫給掏孫子，當然得說明瞭——要活的。掏出個死的來幹嘛用？只要掏出活孫子來，兒媳婦就是死了也沒大關係。

娘家媽可是不放心女兒：「準能保大小都活著嗎？」

「少說話！」王老太太教訓親家太太。

「我相信沒危險。」大夫急得直流汗，「可是小孩已經耽誤了半天，難保沒個意外；要不然請你簽字幹嘛？」

「不保準呀？乘早不用費這道手！」老太太對祖宗非常的負責任；好嗎，掏了半天都再不會活著，對的起誰！

「好吧。」大夫都氣暈了，「請把她拉回去吧！你可記住了，兩條人命！」

「兩條三條吧，你又不保準，這不是瞎扯！」

大夫一聲沒出，抹頭就走。

王老太太想起來了，試試也好。要不是大夫要走，她絕想不起這一招兒來。

「大夫，大夫！你回來呀，試試吧！」

大夫氣得不知是哭好還是笑好。把單子唸給她聽，她畫了個十字兒。兩親家等了不曉得多麼大的時候，眼看就天亮了，才掏了出來，好大的孫子，足分量十三磅！王老太太不曉得怎麼笑好了，拉住親家母的手一邊笑一邊刷刷的落淚。親家母已不是仇人了，變成了老姐姐。大夫也不是二毛子了，是王家的恩人，馬上賞給他一百塊錢才合適。假如不是這一掏，叫這麼胖的大孫子生生的別死，怎對祖宗呀？恨不能跪下就磕一陣頭，可惜醫院裡沒供著子孫娘娘。

胖孫子已被洗好，放在小兒室內。兩位老太太要進去看看。不只是看看，要用一夜沒洗過的老手指去摸摸孫子的胖臉蛋。看護不准兩親家進去，只能隔著玻璃窗看著。眼看著自己的孫子在裡面，自己的孫子，連摸摸都不准！娘家媽摸出個紅封套來——本是預備賞給收生婆的——遞給看護；給點運動費，還不准進去？事情都來得邪，看護居然不收。王老太太揉了揉眼，細端詳了看護一番，心裡說：「不像洋鬼子妞呀，怎麼給賞錢都不接著呢？也許是面生，不好意思的？有了，先跟她閒扯幾句，打開了生臉就好辦了。」指著屋裡的一排小籃說：「這些孩子都是掏出來的吧？」

「只是你們這個，其餘的都是好好養下來的。」

「沒那個事。」王老太太心裡說，「上醫院來的都得掏。」

「給孕婦大油大肉吃才掏呢。」看護有點愛說話。

「不吃，孩子怎能長這麼大呢！」娘家媽已和王老太太立在同一戰線上。

「掏出來的胖寶貝總比養下來的瘦猴兒強！」王老太太有點覺得不掏出來的孩子沒有住醫院的資格。「上醫院來『養』，脫了褲子放屁，費什麼兩道手！」

無論怎說，兩親家乾瞪眼進不去。

王老太太有了主意，「丫鬟」她叫那個看護，「把孩子給我，我們家去。還得趕緊去預備洗三請客呢！」

「我既不是丫鬟，也不能把小孩給你。」看護也夠和氣的。

「我的孫子，你敢不給我嗎？醫院裡能請客辦事嗎？」

「用手術取出來的，大人一時不能給小孩奶吃，我們得給他奶吃。」

「你會，我們不會？我這快六十的人了，生過兒養過女，不比你懂得多；你養過小孩嗎？」老太太也說不清看護是姑娘，還是媳婦，誰知道這頭戴小白盔的是什麼呢。

「沒大夫的話，反正小孩不能交給你！」

「去把大夫叫來好了，我跟他說；還不願意跟你費話呢！」

「大夫還沒完事呢，割開肚子還得縫上呢。」

看護說到這裡，娘家媽想起來女兒。王老太太似乎還想不起兒媳婦是誰。孫子沒生下來的時候，一想起孫子便也想到媳婦；孫子生下來了，似乎把媳婦忘了也沒什麼。娘家媽可是要看看女兒，誰知道女兒的肚子上開了多大一個洞呢？割病室不許閒人進去，沒法，只好陪著王老太太瞭望著胖小子吧。

好容易看見大夫出來了。王老太太趕緊去交涉。

「用手術取小孩，頂好在院裡住一個月。」大夫說。

「那麼三天滿月怎麼辦呢？」王老太太問。

「是命要緊，還是辦三天要緊呢？產婦的肚子沒長上，怎能去應酬客人呢？」大夫反問。

王老太太確是以為辦三天比人命要緊，可是不便於說出來，因為娘家媽在旁邊聽著呢。至於肚子沒長好，怎能招待客人，那有辦法：「叫她躺著招待，不必起來就是了。」

大夫還是不答應。王老太太悟出一條理來：「住院不是為要錢嗎？好，我給你錢，叫我們娘們走吧，這還不行？」

「你自己看看去，她能走不能？」大夫說。

兩親家反都不敢去了。萬一兒媳婦肚子上還有個盆大的洞，多麼嚇人？還是娘家媽愛女兒的心重，大著膽子想去看看。王老太太也不好意思不跟著。

到了病房，兒媳婦在床上放著的一張臥椅上躺著呢，臉就像一張白紙。娘家媽哭得放了聲，不知道女兒是活還是死。王老太太到底心硬，只落了一半個淚，緊跟著炸了煙：「怎麼不叫她平平正正的躺下呢？這是受什麼樣刑罰呢？」

「直著呀，肚子上縫的線就蹦了，明白沒有？」大夫說。

「那麼不會用膠黏上點嗎？」王老太太總覺得大夫沒有什麼高明主意。

娘家媽想和女兒說幾句話，大夫也不允許。兩親家似乎看出來，大夫不定使了什麼壞招兒，把產婦弄成這個樣。無論怎說吧，大概一時是不能出院。好吧。

先把孫子抱走，回家好辦三天呀。

大夫也不答應，王老太太急了。「醫院裡洗三不洗？要是洗的話，我把親友全請到這兒來；要是不洗的話，再叫我抱走；頭大的孫子，洗三不請客辦事，還有什麼臉得活著？」

「誰給小孩奶吃呢？」大夫問。

「雇奶媽子！」王老太太完全勝利。

到底把孫子抱出來了。王老太太抱著孫子上了汽車，一上車就打噴嚏，一直打到家，每個噴嚏都是照準了孫子的臉射去的。到了家，趕緊派人去找奶媽子，孫子還在懷中抱著，以便接收噴嚏。不錯，王老太太知道自己是著了涼；可是至死也不能放下孫子。到了晌午，孫子接了至少有二百多個噴嚏，身上慢慢的熱起來。王老太太更不肯撒手了。到了下午三點來鐘，孫子燒得像塊火炭了。到了夜裡，奶媽子已雇妥了兩個，可是孫子死了，一口奶也沒有吃。

王老太太只哭了一大陣；哭完了，她的老眼瞪圓了：「掏出來的！掏出來的能活嗎？跟醫院打官司！那麼沉重的孫子會只活了一天，哪有的事？全是醫院的壞，二毛子們！」

王老太太約上親家母，上醫院去鬧。娘家媽也想把女兒趕緊接出來，醫院是靠不住的！

把兒媳婦接出來了；不接出來怎好打官司呢？接出來不久，兒媳婦的肚子裂了縫，貼上「產後回春膏」也沒什麼用，她也不言不語的死了。好吧，兩案歸一，王老太太把醫院告了下來。老命不要了，不能不給孫子和媳婦報仇！

黑白李

愛情不是他們哥兒倆這檔子事的中心，可是我得由這兒說起。

黑李是哥，白李是弟，哥比弟大著五歲。倆人都是我的同學，雖然白李剛一入中學，黑李和我就畢業了。黑李是我的好友，因為常到他家去，所以對白李的事兒我也略知一二。五年是個長距離，在這個時代。這哥兒倆的不同正如他們的外號——黑，白。黑李要是古人，白李是現代的。他們倆並不因此打架吵嘴，可是對任何事的看法也不一致。黑李並不黑；只是在左眉上有個大黑痣。因此他是「黑李」；弟弟沒有那麼個記號，所以是「白李」；這在給他們送外號的中學生們看，是很邏輯的。其實他倆的臉都很白，而且長得極相似。

他倆都追她——恕不道出姓名了——她說不清到底該愛誰，又不肯說誰也不愛。於是大家替他們弟兄捏著把汗。明知他倆不肯吵架，可是愛情這玩藝是不講交情的。

可是，黑李讓了。

我還記得清清楚楚：正是個初夏的晚間，落著點小雨，我去找他閒談，他獨自在屋裡坐著呢，面前擺著四個紅魚細磁茶碗。我們倆是用不著客氣的，我坐下吸菸，他擺弄那四個碗。轉轉這個，轉轉那個，把紅魚要一點不差的朝著他。擺好，身子往後仰一仰，像畫家設完一層色那麼退後看看。然後，又逐一的轉開，把另一面的魚們擺齊。又往後仰身端詳了一番，回過頭來向我笑了笑，笑得非常天真。

他愛弄這些小把戲。對什麼也不精通，可是什麼也愛動一動。他並不假充行家，只信這可以養性。不錯，他確是個好脾性的人。有點小玩藝，比如黏補舊書等等，他就能平安的銷磨半日。

叫了我一聲，他又笑了笑，「我把她讓給老四了。」按著大排行，白李是四爺，他們的伯父屋中還有弟兄呢。「不能因為個女子失了兄弟們的和氣。」

「所以你不是現代人。」我打著哈哈說。

「不是；老狗熊學不會新玩藝了。三角戀愛，不得勁兒。我和她說了，不管她是愛誰，我從此不再和她來往。覺得很痛快！」

「沒看見過？這麼講戀愛的。」

「你沒看見過？我還不講了呢。幹她的去，反正別和老四鬧翻了。趕明兒咱倆要來這麼一出的話，希望不是你收兵，就是我讓了。」

「於是天下就太平了？」

我們笑開了。

過了有十天吧，黑李找我來了。我會看，每逢他的腦門發暗，必定是有心事。每逢有心事，我倆必喝上半斤蓮花白。我趕緊把酒預備好，因為他的腦門不大亮嗎。

喝到第二盅上，他的手有點哆嗦。這個人的心裡存不住事。遇上點事，他極想鎮定，可是臉上還洩露出來。他太厚道。

「我剛從她那兒來。」他笑著，笑得無聊；可還是真的笑，因是要對個好友道出胸中的悶氣。這個人若沒有好朋友，是一天也活不了的。

我並不催促他；我倆說話用不著忙，感情都在話中間那些空子裡流露出來呢。彼此對看著，一齊微笑，神氣和默中的領悟，都比言語更有分量。要不怎麼白李一見我倆喝酒就叫我們「一對糟蛋」呢。

「老四跟我好鬧了一場。」他說。我明白這個「好」字——第一他不願說兄弟間吵了架，第二不願只說弟弟不對，即使弟弟真是不對。這個字帶出不願說而又不能不說的曲折。「因為她。我不好，太不明白女子心理。那天不是告訴你，我讓了嗎？我是居心無愧之好，她可出了花樣。她以為我是故意羞辱她。你說對了，我不是現代人，我把戀愛看成該怎樣就怎樣的事，敢情人家女子願意『大家』在後面追隨著。她恨上了我。這麼報復一下——我放棄了她，她斷絕了老四。老四當然跟我鬧了。所以今天又找她去，請罪。她罵我一頓，出出氣，或者還能和老四言歸於好。我這麼希望。哼，她沒罵我。她還叫我和老四都作她的朋友。這個，我不能幹，我並沒這麼明對她講，我上這兒跟你說說。我不幹，她自然也不再理老四。老四就得再跟我鬧。」

「沒辦法！」我替他補上這一小句。待了會兒，「我找老四一趟，解釋一下？」

「也好。」他端著酒盅愣了會兒，「也許沒用。反正我不再和她來往。老四再跟我鬧呢，我不言語就是了。」

我們倆又談了些別的，他說這幾天正研究宗教。我知道他的讀書全憑興之所至，絕不因為談到宗教而想他有點厭世，或是精神上有什麼大的變動。

哥哥走，弟弟來了。白李不常上我這兒來，這大概是有事。他在大學還沒畢業，可是看起來比黑李精明著許多。他這個人，叫你一看，你就覺得他應當到處作領袖。每一句話，他不是領導著你走上他所指出的路子，便是把你綁在斷頭臺上。他沒有客氣話，和他哥正相反。

我對他也不便太客氣了，省得他說我是糟蛋。

「老二當然來過了？」他問：黑李是大排行行二。「也當然跟你談到我們的事？」我自然不便急於回答，因為有兩個「當然」在這裡。果然，沒等我回答，他說了下去：「你知道，我是借題發揮？」

我不知道。

「你以為我真要那個女玩藝？」他笑了，笑得和他哥哥一樣，只是黑李的向來不帶著這不屑於對我笑的勁兒。「我專為和老二搗亂，才和她來往；不然，誰有工夫招呼她？男與女的關係。從根兒上說，還不是獸慾的關係？為這個，我何必非她不行？老二以為這個獸慾的關聯應當叫做神聖的，所以他鄭重的向她磕頭，及至磕了一鼻子灰，又以為我也應當去磕，對不起，我沒那個癮！」他哈哈的笑起來。

我沒笑，也不敢插嘴。我很留心聽他的話，更注意看他的臉。臉上處處像他哥哥，可是那股神氣又完全不像他的哥哥。這個，使我忽而覺得是和一個頂熟識的人說話，忽而又像和個生人對坐著。我有點不舒坦——看著個熟識的面貌，而找不到那點看慣了的神氣。

「你看，我不磕頭；得機會就吻她一下。她喜歡這個，至少比受幾個頭更過癮。不過，這不是正筆。正文是這個，你想我應當老和二爺在一塊兒嗎？」

我當時回答不出。

他又笑了笑——大概心中是叫我糟蛋呢。「我有我的前途，我的計畫；他有他的。頂好是各走各的路，是不是？」

「是！你有什麼計畫？」我好容易想起這麼一句；不然便太僵得慌了。

「計畫，先不告訴你。得先分家，以後你就明白我的計畫了。」

「因為要分居，所以和老二吵；借題發揮？」我覺得自己很聰明似的。

他笑著點了頭；沒說什麼，好像準知道我還有一句呢。我確是有一句：「為什麼不明說，而要吵呢？」

「他能明白我嗎？你能和他一答一和的說，我不行。我一說分家，他立刻就得落淚。然後，又是那一套——母親去世的時候，說什麼來著？不是說咱倆老得和美嗎？他必定說這一套，好像活人得叫死人管著似的。還有一層，一聽說分家，他管保不肯，而願把家產都給了我，我不想佔便宜。他老拿我當作『弟弟』，老拿自己的感情限定住別人的舉止，老假裝他明白我，其實他是個時代落伍者。這個時代是我的，用不著他來操心管我。」他的臉上忽然的很嚴重了。

看著他的臉，我心中慢慢的起了變化——白李不僅是看不起「兩糟蛋」的狂傲少年了，他確是要樹立住自己，我也明白過來，他要是和黑李慢慢的商量，必定要費許多動感情的話，要講許多弟兄間的情義；即使他不講，黑李總要講的。與其這樣，還不如吵，省得拖泥帶水，他要一刀兩斷，各自奔前程。再說，慢慢的商議。老二絕不肯乾脆的答應。老四先吵嚷出來，老二若還不幹，便是顯著要霸佔弟弟的財產了。猜到這裡，我心中忽然一亮：

「你是不是叫我對老二去說？」

「一點不錯。省得再吵。」他又笑了。「不願叫老二太難堪了，究竟是弟兄。」似乎他很不喜說這末後的兩個字——弟兄。

我答應了給他辦。

「把話說得越堅決越好。二十年內，我倆不能作弟兄。」他停了一會兒，嘴角上擠出點笑來。「也給老二想了，頂好趕快結婚，生個胖娃娃就容易把弟弟忘了。二十年後，我當然也落伍了，那時候，假如還活著的話，好回家作叔叔。不過，告訴他，講戀愛的時候要多吻少磕頭，要死追，別死跪著。」他立起來，又想了想，「謝謝你呀。」他叫我明明的覺出來，這一句是特意為我說的，他並不負要說的責任。

為這件事，我天天找黑李去。天天他給我預備好蓮花白。吃完喝完說完，無結果而散。至少有半個多月的工夫是這樣。我說的，他都明白，而且願意老四去創練創練。可是臨完的一句老是「捨不得老四呀！」

「老四的計畫？計畫？」他走過來，走過去，這麼念道。眉上的黑痣夾陷在腦門的皺紋裡，看著好似縮小了些。「什麼計畫呢？你問問他，問明白我就放心了。」

「他不說。」我已經這麼回答過五十多次了。

「不說便是有危險性！我只有這麼一個弟弟！叫他跟我吵吧，吵也是好的。從前他不這樣，就是近來和我吵。大概還是為那個女的！勸我結婚？沒結婚就鬧成這樣，還結婚！什麼計畫呢？真！分家？他愛要什麼拿什麼好了。大概是我得罪了他，我雖不跟他吵，我知道我也有我的主張。什麼計畫呢？他要怎樣就怎樣好了，何必分家……」

這樣來回磨，一磨就是一點多鐘。他的小玩藝也一天比一天增多：占課，打卦，測字，研究宗教……什麼也沒能幫助他推測出老四的計畫，只添了不少小恐怖。這可並不是說，他顯著怎樣的慌張。不，他依舊是那麼婆婆慢慢的。他的舉止動作好像老追不上他的感情，無論心中怎著急，他的動作是慢的，慢得彷彿是拿生命當作玩藝兒似的逗弄著。

我說老四的計畫是指著將來的事業而言，不是現在有什麼具體的辦法。他搖頭。

就這麼耽延著，差不多又過了一個多月。

「你看。」我抓住了點理，「老四也不催我，顯然他說的是長久之計，不是馬上要幹什麼。」

他還是搖頭。

時間越長，他的故事越多。有一個禮拜天的早晨，我看見他進了禮拜堂。也許是看朋友，我想。在外面等了他會兒。他沒出來。不便再等了，我一邊走一邊想：老李必是受了大的刺激——失戀，弟兄不和，或者還有別的。只就我知道的這兩件事說，大概他已經支持不下去。他的動作彷彿是拿生命當作小玩藝，那正是因他對任何小事都要慎重的考慮。茶碗上的花紋擺不齊都覺得不舒服。那一件小事也得在他心中擺好，擺得使良心上舒服。上禮拜堂去禱告，為是堅定良心。良心是古聖先賢給他製備好了的，可是他又不願將一切新事新精神一筆抹殺。結果，他「想」怎樣老不如「已是」怎樣來得現成，他不知怎樣才好。他大概是真愛她，可是為弟弟不能不放棄她，而且失戀是說不出口的。他常對我說，

「咱們也坐一回飛機。」說完，他一笑，不是他笑呢，是「身體髮膚，受之父母」笑呢。

過了晌午，我去找他。按說一見面就得談老四，在過去的一個多月都是這樣。這次他變了花樣，眼睛很亮，臉上有點極靜適的笑意，好像是又買著一冊善本的舊書。

「看見你了。」我先發了言。

他點了點頭，又笑了一下，「也很有意思！」

什麼老事情被他頭次遇上，他總是說這句。對他講個鬧鬼的笑話，也是「很有意思！」他不和人家辯論鬼的有無，他信那個故事，「說不定世上還有比這更奇怪的事。」據他看，什麼事都是可能的。因此，他接受的容易，可就沒有什麼精到的見解。他不是不想多明白些，但是每每在該用腦子的時候，他用了感情。

「道理都是一樣的。」他說，「總是勸人為別人犧牲。」

「你不是已經犧牲了個愛人？」我願多說些事實。

「那不算，那是消極的割捨，並非由自己身上拿出點什麼來。這十來天，我已經讀完『四福音書』。我也想好了，我應當分擔老四的事，不應當只不准他離開我。你想想吧，設若他真是專為分家產，為什麼不來跟我明說？」

「他怕你不幹。」我回答。

「不是！這幾天我用心想過了，他必是真有個計畫，而且是有危險性的。所以他要一刀兩斷，以免連累了我。你以為他年輕，一沖子性？他正是利用這個騙咱們；他實在是體諒我，不肯使我受屈。把我放在安全的地方，他好獨作獨當的去幹。必定是這樣！我不能撒手他，我得為他犧牲！母親臨去世的時候——」

他沒往下說，因為知道我已聽熟了那一套。

我真沒想到這一層。可是還不深信他的話；焉知他不是受了點宗教的刺激而要充分的發洩感情呢？

我決定去找白李，萬一黑李猜得不錯呢！是，我不深信他的話，可也不敢耍懸虛。

怎樣找也找不到白李。學校，宿舍，圖書館，網球場，小飯鋪，都看到了，沒有他的影兒。和人們打聽，都說好幾天沒見著他。這又是白李之所以為白李；

黑李要是離家幾天，連好朋友們他也要通知一聲。白李就這麼人不知鬼不覺的不見了。我急出一個主意來——上「她」那裡打聽打聽。

她也認識我，因為我常和黑李在一塊兒。她也好幾天沒見著白李。她似乎很不滿意李家兄弟，特別是對黑李。我和她打聽白李，她偏跟我談論黑李。我看出來，她確是注意——假如不是愛——黑李。大概她是要圈住黑李，作個標本。有比他強的呢，就把他免了職；始終找不到比他高明的呢，最後也許就跟了他。這麼一想，雖然只是一想，我就沒乘這個機會給他和她再撮合一下；按理說應當這麼辦，可是我太愛老李，總覺得他值得娶個天上的仙女。

從她那裡出來，我心中打開了鼓。白李上哪兒去了呢？不能告訴黑李！一叫他知道了，他能立刻登報找弟弟，而且要在半夜裡起來占課測字。可是，不說吧，我心中又癢癢。乾脆不找他去？也不行。

走到他的書房外邊，聽見他在裡面哼唧呢。他非高興的時候不哼唧著玩。可是平日他哼唧，不是詩便是那句代表一切歌曲的「深閨內，端的是玉無瑕」。這次的哼唧不是這些。我細聽了聽，他是練習聖詩呢。他沒有音樂的耳朵，無論什麼，到他耳中都是一個味兒。他唱出的時候，自然也還是一個味兒。無論怎樣吧，反正我知道他現在是很高興。為什麼事高興呢？

我進到屋中，他趕緊放下手中的聖詩集，非常的快活：「來得正好，正想找你去呢！老四剛走。跟我要了一千塊錢去。沒提分家的事，沒提！」

顯然他是沒問弟弟，那筆錢是幹什麼用。要不然他不能這麼痛快。他必是只求弟弟和他同居，不再管弟弟的行動；好像即使弟弟有帶危險的計畫，自要不分家，便也沒什麼可怕的了。我看明白了這點。

「禱告確是有效。」他鄭重的說。「這幾天我天天禱告，果然老四就不提那回事了。即使他把錢都扔了，反正我還落下個弟弟！」

我提議喝我們照例的一壺蓮花白。他笑著搖搖頭：「你喝吧，我陪著吃菜，我戒了酒。」

我也就沒喝，也沒敢告訴他，我怎麼各處去找老四。老四既然回來了，何必再說？可是我又提起「她」來。他連接碴兒也沒接，只笑了笑。

對於老四和「她」，似乎全沒什麼可說的了。他給我講了些聖經上的故事。

我一面聽著，一面心中嘀咕——老李對弟弟與愛人所取的態度似乎有點不大對；可是我說不出所以然來。我心中不十分安定，一直到回在家中還是這樣。

又過了四五天，這點事還在我心中懸著。有一天晚上，王五來了。他是在李家拉車，已經有四年了。

王五是個誠實可靠的人，三十多歲，頭上有塊疤——據說是小時候被驢給啃了一口。除了有時候愛喝口酒，他沒有別的毛病。

他又喝多了點，頭上的疤都有點發紅。

「幹嘛來了，王五？」我和他的交情不錯，每逢我由李家回來得晚些，他總張羅把我拉回來，我自然也老給他點酒錢。

「來看看你。」說著便坐下了。

我知道他是來告訴我點什麼。「剛沏上的茶，來碗？」

「那敢情好；我自己倒；還真有點渴！」

我給了他支菸卷，給他提了個頭兒：「有什麼事吧？」

「哼，又喝了兩壺，心裡癢癢；本來是不應當說的事！」他用力吸了口菸。

「要是李家的事，你對我說了準保沒錯。」

「我也這麼想。」他又停頓了會兒，可是被酒氣催著，似乎不能不說：「我在李家四年零三十五天了！現在叫我很難。二爺待我不錯，四爺呢，簡直是我的朋友。所以不好辦。四爺的事，不准我告訴二爺；二爺又是那麼傻好的人。對二爺說吧，又對不起四爺——我的朋友。心裡別提多麼為難了！論理說呢，我應當向著四爺。二爺是個好人，不錯；可究竟是個主人。多麼好的主人也還是主人，不能肩膀齊為弟兄。他真待我不錯，比如說吧，在這老熱天，我拉二爺出去，他總設法在半道上耽擱會兒，什麼買包洋火呀，什麼看看書攤呀，為什麼？為是叫我歇歇，喘喘氣。要不怎說，他是好主人呢，他好，咱也得敬重他，這叫做以好換好。久在街上混，還能不懂這個？」

我又讓了他碗茶，顯出我不是不懂「外面」的人。他喝完，用菸卷指著胸口說：「這兒，咱這兒可是愛四爺。怎麼呢？四爺年輕，不拿我當個拉車的看。他們哥兒倆的勁兒——心裡的勁兒——不一樣。二爺吧，一看天氣熱就多叫我歇會兒，四爺就不管這一套，多麼熱的天也說拉著他飛跑。可是四爺和我聊起來的時候；他就說，憑什麼人應當拉著人呢？他是為我們拉車的——天下的拉車的都算在一塊兒——抱不平。二爺對『我』不錯，可想不到大傢夥兒。所以你看，二爺來的小，四爺來的大。四爺不管我的腿，可是管我的心；二爺是家長裡短，可憐我的腿，可不管這兒。」他又指了指心口。

我曉得他還有話呢，直怕他的酒氣被釅茶給解去，所以又緊他一板：「往下說呀，王五！都說了吧，反正我還能拉老婆舌頭，把你擱裡！」

他摸了摸頭上的疤，低頭想了會兒。然後把椅子往前拉了拉，聲音放得很低：「你知道，電車道快修完了？電車一開，我們拉車的全玩完！這可不是為我自個兒發愁，是為大傢夥兒。」他看了我一眼。

我點了點頭。

「四爺明白這個；要不怎麼我倆是朋友呢。四爺說：王五，想個辦法呀！我說：四爺，我就有一個主意，揍！四爺說：王五，這就對了，揍！一來二去，我們可就商量好了。這我不能告訴你。我要說的是這個。」他把聲音放得很低了，「我看見了，偵探跟上了四爺！未必然是為這件事，可是叫偵探跟著總不妥當。

這就來到坐蠟的地方了：我要告訴二爺吧，對不起四爺；不告訴吧，又怕把二爺也饒在裡面。簡直的沒法兒！」

把王五支走，我自己思索開了。

黑李猜的不錯，白李確是有個帶危險性的計畫。計畫大概不一定就是打電車，他必定還有厲害的呢。所以要分家，省得把哥哥拉扯在內。他當然是不怕犧牲，也不怕犧牲別人，可是還不肯一聲不發的犧牲了哥哥——把黑李犧牲了並無濟於事。電車的事來到眼前，連哥哥也顧不得了。

我怎辦呢？警告黑李是適足以激起他的愛弟弟的熱情。勸白李，不但沒用，而且把王五擱在裡邊。

事情越來越緊了，電車公司已宣佈出開車的日子。我不能再耗著了，得告訴黑李去。

他沒在家，可是王五沒出去。

「二爺呢？」

「出去了。」

「沒坐車?」

「好幾天了,天天出去不坐車!」

由王五的神氣,我猜著了:「王五,你告訴了他?」

王五頭上的疤都紫了:「又多喝了兩盅不由的就說了。」

「他呢?」

「他直要落淚。」

「說什麼來著?」

「問了我一句——老五,你怎樣?我說,王五聽四爺的。他說了聲,好。別的沒說,天天出去,也不坐車。」

我足足的等了三點鐘,天已大黑,他才回來。

「怎樣?」我用這兩個字問到了一切。

他笑了笑,「不怎樣。」

絕沒想到他這麼回答我。我無須再問了,他已決定了辦法。我覺得非喝點酒不可,但是獨自喝有什麼味呢。我只好走吧。臨別的時候,我題了句:「跟我出去玩幾天，好不好？」

「過兩天再說吧。」他沒說別的。

感情到了最熱的時候是會最冷的。想不到他會這樣對待我。

電車開車的頭天晚上，我又去看他。他沒在家，直等到半夜，他還沒回來。大概是故意的躲我。

王五回來了，向我笑了笑，「明天！」

「二爺呢？」

「不知道。那天你走後，他用了不知什麼東西，把眉毛上的黑五子燒去了，對著鏡子直出神。」

完了，沒了黑痣，便是沒有了黑李。不必再等他了。我已經走出大門，王五把我叫住：「明天我要是——」他摸了摸頭上的疤，「你可照應著點我的老娘！」

約摸五點多鐘吧，王五跑進來，跑得連褲子都溼了。「全——揍了！」他再也說不出話來。直喘了不知有多大工夫，他才緩過氣來，抄起茶壺對著嘴喝了一氣。「啊！全揍了！馬隊衝下來，我們才散。小馬六叫他們拿去了，看得真真的。我們吃虧沒有傢夥，專仗著磚頭哪行！小馬六要玩完。」

「四爺呢？」我問。

「沒看見。」他咬著嘴唇想了想，「哼，事鬧得不小！要是拿的話呀，準保是拿四爺。他是頭目。可也別說，四爺並不傻，別看他青年。小馬六要玩完，四爺也許不能。」

「也沒看見二爺？」

「他昨天就沒回家。」他又想了想，「我得在這兒藏兩天。」

「那行。」

第二天早晨，報紙上登出——砸車暴徒首領李——當場被獲，一同被獲的還有一個學生，五個車伕。

王五看著紙上那些字只認得一個「李」字，「四爺玩完了！四爺玩完了！」低著頭假裝抓那塊疤，淚落在報上。

消息傳遍了全城，槍斃李——和小馬六，遊街示眾。

毒花花的太陽，把路上的石子晒得燙腳，街上可是還擠滿了人。一輛敞車上坐著兩個人，手在背後捆著。土黃制服的巡警，灰色制服的兵，前後押著，刀光在陽光下發著冷氣。車越走越近了，兩個白招子隨著車輕輕的顫動。前面坐著的那個，閉著眼，額上有點汗，嘴唇微動，像是禱告呢。車離我不遠，他在我頭前坐著擺動過去。我的淚迷住了我的心。等車過去半天，我才醒了過來，一直跟著車走到行刑場。他一路上連頭也沒抬一次。

他的眉皺著點，嘴微張著，胸上汪著血，好像死的時候還正在禱告。我收了他的屍。

過了幾個月，我在上海遇見了白李，要不是我招呼他，他一定就跑過去了。

「老四！」我喊了他一聲。

「啊？」他似乎受了一驚。「噢，你？我當是老二復活了呢。」

大概我叫得很像黑李的聲調，並非有意的，或者是在我心中活著的黑李替我叫了一聲。

白李顯著老了一些，更像他的哥哥了。我們兩並沒說多少話，他好似不大願意和我多談。只記得他的這麼兩句：

「老二大概是進了天堂，他在那裡頂合適了；我還在這兒砸地獄的門呢。」

眼鏡

宋修身雖然是學著科學，可是在日常生活上不管什麼科學科舉的那一套。他相信飯館裡蒼蠅都是消過毒的，所以吃芝麻醬拌麵的時候不勞手揮目送的瞎講究。他有對兒近視眼，也有對兒近視鏡。可是他除非讀書的時候不戴上它們。據老說法：越戴鏡子眼越壞。他信這個。得不戴就不戴，譬如走路逛街，或參觀運動會的時候，他的鏡子是在手裡拿著。即使什麼也看不見，而且腦袋常常的發暈，那也活該。

他正往學校裡走。溜著牆根，省得碰著人；不過有時候踩著狗腿。這回，眼鏡盒子是卷在兩本厚科學雜誌裡。他準知道這個辦法不保險，所以走幾步，站住摸一摸。把鏡子丟了，上堂聽課才叫抓瞎。況且自己的財力又不充足，買對眼鏡說不定就會破產。本打算把盒子放在袋裡，可是身上各處的口袋都沒有空地方：筆記本，手絹，鉛筆，橡皮，兩個小瓶，一塊吃剩下的燒餅，都占住了地盤。還是這麼拿著吧，小心一點好了；好在盒子即使掉在地上也會有響聲的。

一拐彎，碰上了個同學。人家招呼他，他自然不好不答應。站住說了幾句。來了輛汽車，他本能的往裡手一躲，本來沒有躲的必要，可是眼力不濟，得特別的留神，於是把鼻子按在牆上。汽車和朋友都過去了，他緊趕了幾步，怕是遲到。走到了校門，一摸，眼鏡盒子沒啦！登時頭上見了汗。抹回頭去找，哪裡有個影兒。拐灣的地方，老放著幾輛洋車。問拉車的，他們都沒看見，好像他們也都是近視眼似的。又往回找到校門，只摸了兩手的土。心裡算是彆扭透了！掏出那塊乾燒餅狠命的摔在校門上，假如口袋裡沒這些零碎？假如不是遇上那個臭同學？假如不躲那輛闖喪的汽車？巧！越巧心裡越堵得慌！一定是被車伕拾了去，瞪著眼不給，什麼世界！天天走熟了的路，掉了東西會連告訴一聲都不告訴，而撿起放在自己的袋裡？一對近視鏡有什麼用？

宋修身的鼻子按在牆上的時候，眼鏡盒子落在牆根。車伕王四看見了。王四本想告訴一聲，可是一看是「他」，一年到頭老溜牆根，沒坐過一回車。話到了嘴邊，又回去了。汽車剛拐過去，他順手撿起盒子，放在腰中。當著別的車伕，不便細看，可是心中不由的很痛快，坐在車上舒舒服服的微笑。

他看見宋修身回來了，滿頭是汗，怪可憐的。很想拿出來還給他。可是別人都說沒看見，自己要是招認了，吃了又吐，怪不好意思的。況且給他也是白給，他還能給點報酬？白叫他拿去，而且還得叫朋友們奚落一場——喝，拾了東西連一聲都不出，怕我們搶你的？喝，拾了又白給了人家，真大方？莫若也說沒看見。拾了就是拾了，活該。學生反正比拉車的闊。

宋修身往回走，王四拉起車來，搭訕著說，「別這兒耗著啦，東邊去擱會兒。」心裡可是說，「今兒個咱算票不了啦，連盒子帶鏡子還不賣個塊兒八七的？！」到了個僻靜地方，放下車，把盒子掏出來。

好破的盒子，大概換洋火也就是換上一小包。盒子上面的布全磨沒了，倒好，油汪汪的，上邊還好像黏著點柿子汁兒。打開，眼鏡框子還不壞，挺粗挺黑——王四就是不喜歡細鐵絲似的那路鏡框，看見戴稀軟活軟的鏡框的人，他連「車」也不問一聲。用手彈了彈耳插子，不像是鐵的，可也不是木頭的——許是玳瑁的！他心中一跳。

鏡子真髒，往外凸著，上面淨是一圈一圈的紋，膩著一圈圈的土，越到鏡邊上越厚。鏡子底下還壓著半根火柴。他把火柴劃著，扔在地上。從車廂裡拿出小破藍布撣子來。給鏡子哈了兩口氣，開始用撣子布擦。連哈了四次氣，鏡子才有個樣兒；又沾了一回吐沫，才完全擦乾淨。自己戴了戴，不行，架子太小，戴不上；宋修身本是個小頭小臉的人。「賣不出去，連自己戴著玩都不行！」王四未免有點失望。可是繼而一想：拉車戴眼鏡，不大像樣兒；再說，怎能賣不出去呢？

拉著車，找著一個破貨攤。「賣給你這個。」

「不要。」擺攤的人——一個紅鼻子黃眼的傢夥——連看也沒看，雖然他的攤上有許多眼鏡，而且有老式繡花的鏡套子呢。

王四不想打架，連「媽的真和氣！」都沒說出聲來。又遇上個挑筐買賣破爛的，「賣給你這個，玳瑁框子！」

「沒見過這樣的玳瑁！」挑筐的看了一眼，「乾脆要多少錢？」

「乾脆你給多少？」王四把鏡子遞過去。

「二十子兒。」

「什麼？」王四把鏡子搶回來。

「給的不少。平光好賣，老花眼鏡也好賣；這是近視鏡。框子是化學的，說不定挑來挑去就弄碎了；白賠二十枚。」

王四的心涼了，可是還不肯賣；二十子？早知道還送給那個溜牆根的學生呢！

不賣了，他決定第二天把鏡子送歸原主；也許倒能得幾毛錢的報酬。

第二天早晨，王四把車放在拐灣的地方。學校打了鐘，溜牆根的近視眼還沒來。一直等到十點多，還是沒他的影兒。拉了趟買賣，約摸有十二點多了，又特意放回來。學生下了課，只是不見那個近視眼。

宋修身沒來上課。

眼鏡丟了以後，他來到教室裡。雖然坐在前面，黑板上的字還是模糊不清。越看不清，越用力看；下了課，他的腦袋直抽著疼。他越發心裡堵得慌。第二堂是算術習題。他把眼差不多貼在紙上，算了兩三個題，他的心口直發癢，腦門非常的熱。他好像把自己丟失了。平日最歡喜算術，現在他看著那些字碼心裡起急。心中熟記的那些公式，都加上了點新東西——眼鏡，汽車，車伕。公式和懊惱攙雜在一塊，把最喜愛的一門功課變成了最討厭的一些氣人的東西。他不能再安坐在課室裡，他想跑到空曠的地方去嚷一頓才痛快。平日所不愛想的事，例如生命觀等，這時候都在心中冒出來。一個破近視鏡，拾去有什麼用？可是竟自拾去！經濟的壓迫，白拾一根劈柴也是好的。不怨那個車伕。雖然想到這個，心中究竟是難過。今天的功課交不上。明天當然還是頭疼。配鏡子去，作不到。學期開始的時候，只由家中拿來七十幾塊錢，下倆月的飯費還沒有著落。家中打的糧不少，可是賣不出去。想到了父親，哥哥，一天到頭受苦受累，糧可是賣不出去。平日他沒工夫想這些問題，也不肯想這些問題；今天，算術的公式好像給它們匀出來點地方。他想不出一個辦法，他頭一次覺得生命沒著落，好像一切穩定的東西都隨著眼鏡丟了，眼前事事模糊不清。他不想退學，也想不出繼續求學的意義。

長極了的一點鐘，好容易才過去。下課的鐘聲好像不和平日一樣，好像有點特別的聲調，是一種把大家都叫到野地去喊叫的口令。他出了教室，有一股怨氣引著他走出校門；第三堂不上了，也沒去請假。他就沒想到還有什麼第三堂，什麼請假的規則。

溜著牆根，他什麼也沒想，又像想著點什麼。到了拐灣的地方，他想起眼鏡。幾個車伕在那兒說話呢，他想再過去問問他們，可是低著頭走了過去。

第二天，他沒去上課。

王四沒有等到那個近視眼。一天的工夫，心老在車箱裡——那裡有那個破眼鏡盒子。不知道為什麼老忘不了它。

將要收車的時候，小趙來了。小趙家裡開著個小雜貨鋪，可是他不大管鋪子裡的事。他的父親很希望他能管點事，可是叫他管事他就偷錢；兒子還不如夥計可靠呢。小趙的父親每逢行個人情，或到廟裡燒香，必定戴上過光的眼鏡——八毛錢在小攤兒上買的。大鋪戶的掌櫃和先生們都戴過光的眼鏡，以便在戲館中，廟會上，表示身分。所以小鋪掌櫃也不能落伍。小趙並不希望他父親一病身亡，雖然死了也並沒大關係。假如父親馬上死了，他想不出怎樣表示出他變成了正式的掌櫃，除非他也戴上平光的眼鏡。八毛錢買的眼鏡，價值不限於八毛。那是掌權立業，袋中老帶著幾塊現洋的象徵。

他常和王四們在一塊兒。每逢由小鋪摸出幾毛來，他便和王四們押個寶，或者有時候也去逛個土窯子。車伕們都管他叫「小趙」，除非賭急紅了臉才稱呼他「少掌櫃」，而在這種爭鬥的時節，他自己也開始覺到身分。平日，他沒有什麼脾氣，對王四們都很「自己」。

「押押？我的莊？」小趙叫他們看了看手中的紅而髒的毛票，然後掏出菸卷，吸著。

王四從耳朵上取下半截菸，就著小趙的火兒吸著。

大家都蹲在車後面。

不大一會兒，王四那點銅子全另找到了主人。他腦袋上的筋全不服氣的漲起來。想往回撈一撈——「紅眼，借給我幾個子兒！」

紅眼把手中的銅子都押上，押了五道；手中既空，自然不便再回答什麼，擠著紅眼專等看骰子。

王四想不出招兒來。賭氣子立起來，向四外看了看，看有巡警往這裡來沒有。雖然自己是輸了，可是巡警要抓的話，他也跑不了。

小趙贏了，問大家還接著幹不。大家還願意幹，可是小趙得借給他們資本。小趙滿手是土，把銅子和毛票一齊放在腰裡：「別套著爛，要幹，拿錢。」

大家快要稱呼他「少掌櫃」了。賣燒白薯的李六過來了。「每人一塊，趙掌櫃的給錢！」小趙要宴請眾朋友。「這還不離，小趙！」大家圍上了白薯挑子。王四也弄了塊，深呼吸的吃著。

吃完白薯，王四想起來了：「小趙，給你這個。」從車箱裡把眼鏡找出來：「別看盒子破，裡面有好玩藝兒。」

小趙一見眼鏡，「掌櫃的」在心中放大起來；把沒吃完的白薯扔在地上，請了野狗的客。果然是體面的鏡子，比父親的還好。戴上試試。不行，「這是近視鏡，戴上發暈！」

「戴慣就好了。」王四笑著說。

「戴慣?為戴它，還得變成近視眼?」小趙覺得不上算，可是又真愛眼鏡。試著走了幾步。然後，摘下來，看看大家。大家都覺得戴上鏡子確是體面。王四領著頭說：

「真有個樣兒！」

「就是發暈呢！」小趙還不肯撒手它。

「戴慣就好了！」王四覺得只有這一句還像話。

小趙又戴上鏡子，看了看天。「不行，還是發暈！」

「你拿著吧，拿著吧。」王四透著很「自己」。「送給你的，我拿著沒用。拿著吧，等過二年，你的眼神不這麼足了，再戴也就合適了。」

「送給我的？」小趙釘了一句。「真的？操！換個盒子還得好幾毛！」

「真送給你，我拿著沒用；賣，也不過賣個塊兒八七的！」王四更顯著「自己」了。

「等我數數。」小趙把毛票都掏出來，給了李六白薯錢。「還有六毛，才他媽的贏了兩毛！」

「你還有銅子呢！」有人提醒他一聲。

「至多也就有一毛來錢的銅子。」小趙可是沒往外掏它們，大家也就不深信他的話。小趙可是並不因為贏得少而不高興；他的確很歡喜。往常，他每耍必輸。輸幾毛原不算什麼，不過被大家拿他當「大頭」，有些難堪。今天總算恢復了名譽，雖然連銅子算上才三毛來錢——也許是三毛多，銅子的分量怪沈的嗎。「王四，我也不白要你的。看見沒？有六毛。你三毛，我三毛，像回事兒不像？」

王四沒想到他能給三毛。他既然開通，不妨再擠一下：「把銅子再掏出點來，反正是贏去的。」

「吹！吉祥錢，腰裡帶著好。明兒個還得跟你們幹呢！」小趙覺得明天再來，一定還要贏的。這兩天運氣必是不壞。

「好啦，三毛。三毛買那麼好的鏡子！」王四把票子接過來。放在貼肉的小兜裡。

「你不是說送給我嗎？這小子！」

「好啦，好啦，朋友們過得多，不在乎這個。」

小趙把眼鏡放在盒子裡，走開。「明兒再幹！」走了幾步，又把盒子打開。回頭看了看，拉車的們並沒把眼看著他。把鏡子又戴上，眼前成了模糊的一片。

可是不肯馬上摘下來——戴慣就好了。他覺得王四的話有理。有眼鏡不戴，心中難過。況且掌櫃們都必須戴鏡子的。眼鏡，手錶，再安上一個金門牙：南崗子的小鳳要不跟我才怪呢！

剛一拐灣，猛的聽見一聲喇叭。他看不清，不知往哪面兒躲。他急於摘鏡子……

學校附近，這些日子了，不見了溜牆根的近視學生，不見了小趙，不見了王四。「王四這些日子老在南城擱車。」李六告訴大家。

鐵牛和病鴨

王明遠的乳名叫「鐵柱子。」在學校裡他是「鐵牛。」好像他總離不開鐵。這個傢夥也真是有點「鐵。」大概他是不大愛吃石頭罷了；真要吃上幾塊的話，那一定也會照常的消化。

他的渾身上下，看哪兒有哪兒，整像匹名馬。他可比名馬還潑剌一些，既不嬌貴，又沒脾氣。一年到頭，他老笑著。兩排牙，齊整潔白，像個小孩兒的。可是由他說話的時候看，他的嘴動得那麼有力量，你會承認這兩排牙，看著那麼白嫩好玩，實在能啃碎石頭子兒。

認識他的人們都知道這麼一句——老王也得裂嘴。這是形容一件最累人的事。王鐵牛幾乎不懂什麼叫累得慌。他要是裂了嘴，別人就不用想幹了。

鐵牛不念《紅樓夢》——「受不了那套妞兒氣！」他永遠不鬧小脾氣，真的。「看看這個。」他把袖子摟到肘部，敲著筋粗肉滿的胳臂，「這麼粗的小棒錘，還鬧小性，羞不羞？」順勢砸自己的胸口兩拳，咚咚的響。

他有個志願，要和和平平的作點大事。他的意思大概是說，作點對別人有益的事，而且要自自然然作成，既不鑼鼓喧天，也不殺人流血。

由他的談吐舉動上看，誰也看不出他曾留過洋，唸過整本的洋書，他說話的時候永不夾雜著洋字。他看見洋餐就撓頭，雖然請他吃，他也吃得不比別人少。不服洋服，不會跳舞，不因為街上髒而堵上鼻子，不必一定吃美國橘子。總而言之，他既不鬧中國脾氣，也不鬧外國脾氣。比如看電影，《火燒紅蓮寺》和《三劍客》，對他，並沒有多少分別。除了「妞兒氣」的電影，都「不壞。」

他是學農的。這與他那個「和和平平的作點大事」頗有關係。他的態度大致是這樣：無論政治上怎樣革命，人反正得吃飯。農業改良是件大事。他不對人們用農學上的專名詞；他研究的是農業，所以心中想的是農民，他的感情把研究室的工作與農民的生活聯成一氣。他不自居為學者。遇上好轉文的人，他有句善意的玩笑話：「好不好由武松打虎說起？」《水滸傳》是他的「文學。」

自從留學回來，他就在一個官辦的農場作選種的研究與試驗。這個農場的成立，本是由幾個開明官兒偶然靈機一動，想要關心民瘼，所以經費永遠沒有一定的著落。場長呢，是照例每七八個月換一位，好像場長的來去與氣候有關係似的。這些來來往往的場長們，人物不同，可是風格極相似，頗似秀才們作的八股兒。他們都是裂著嘴來，裂著嘴去，設若不是「場長」二字在履歷上有點作用，他們似乎還應當痛哭一番。場長既是來熬資格，自然還有願在他們手下熬更小一些資格的人。所以農場雖成立多年，農場試驗可並沒有作過。要是有的話，就是鐵牛自己那點事兒。

為他，這個農場在用人上開了個官界所不許的例子——場長到任，照例不撤換鐵牛。這已有五六年的樣子了。

鐵牛不大記得場長們的姓名，可是他知道怎樣央告場長。在他心中，場長，不管姓甚名誰，是必須央告的。「我的試驗需要長的時間。我愛我的工作。能不撤換我，是感激不盡的！請看看我的工作來，請來看看！」場長當然是不去看的；提到經費的困難；鐵牛請場長放心，「減薪我也樂意幹，我愛這個工作！」場長手下的人怎麼安置呢？鐵牛也有辦法：「只要准我在這兒工作，名義倒不拘。」薪水真減了，他照常的工作，而且作得頗高興。

可有一回，他幾乎落了淚。場長無論如何非撤他不可。可是頭天免了職，第二天他照常去作試驗，並且拉著場長去看他的工作：「場長，這是我的命！再有些日子，我必能得到好成績；這不是一天半天能作成的。請准我上這裡作試驗好了，什麼我也不要。到別處去，我得從頭另作，前功盡棄。況且我和這個地方有了感情，這裡的一切是我的手，我的腳。我永不對它們發脾氣，它們也老愛我。這些標本，這些儀器，都是我的好朋友！」他笑著，眼角裡有個淚珠。耶穌收稅吏作門徒必是真事，要不然場長怎會心一軟，又留下了鐵牛呢？從此以後，他的地位穩固多了，雖然每次減薪，他還是跑不了。「你就是把錢都減了去，反正你減不去鐵牛！」他對知己的朋友總這樣說。

他雖不記得場長們的姓名，他們可是記住了他的。在他們天良偶爾發現的時候，他們便想起鐵牛。因此，很有幾位場長在高升了之後，偶爾憑良心作某件事，便不由的想「借重」鐵牛一下，向他打個招呼。鐵牛對這種「抬愛」老回答這麼一句：「謝謝善意，可是我愛我的工作，這是我的命！」他不能離開那個農場，正像小孩離不開母親。

為維持農場的存在，總得作點什麼給人們瞧瞧，所以每年必開一次農品展覽會。職員們在開會以前，對鐵牛特別的和氣。「王先生，多偏勞！開完會請你吃飯！」吃飯不吃飯，鐵牛倒不在乎；這是和農民與社會接觸的好機會。他忙開了：徵集，編制，陳列，講演，招待，全是他，累得「四脖子汗流。」有的職員在旁邊看著，有點不大好意思。所以過來指摘出點毛病，以便表示他們雖沒動手，可是眼睛沒閒著。鐵牛一邊擦汗一邊道歉：「幸虧你告訴我！幸虧你告訴我！」對於來參觀的農民，他只恨長著一張嘴，沒法兒給人人掰開揉碎的講。

有長官們坐在中間，好像兔兒爺攤子的開會紀念像片裡，十回有九回沒鐵牛。他顧不得照相。這一點，有些職員實在是佩服了他。所以會開完了，總有幾位過來招呼一聲：「你可真累了，這兩天！」鐵牛笑得像小姑娘穿新鞋似的：「不累！一年才開一次會，還能說累？」

因此，好朋友有時候對他說，「你也太好脾性了，老王！」

他笑著，似乎是要害羞：「左不是多賣點力氣，好在身體棒。」他又摟起袖子來，展覽他的胳臂。他決聽不出朋友那句話是有不滿而故意欺侮他的意思。他自己的話永遠是從正面說，所以想不到別人會說偏鋒話。有的時候招得朋友不能不給他解釋一下，他這才聽明白。可是「誰有工夫想那麼些個彎子！我告訴你，我的頭一放在枕頭上，就睡得像個球；要是心中老繞彎兒，怎能睡得著？人就仗著身體棒；身體棒，睜開眼就唱。」他笑開了。

鐵牛的同學李文也是個學農的。李文的腿很短，嘴很長，臉很瘦，心眼很多。被同學們封為「病鴨。」病鴨是牢騷的結晶，袋中老帶著點「補丸」之類的小藥，未曾吃飯先嘆口氣。他很熱心的研究農學，而且深信改良農事是最要緊的。可是他始終沒有成績。他倒不愁得不到地位，而是事事人人總跟他鬧彆扭。就了一個事，至多半年就得散夥。即使事事人人都很順心，他所坐的椅子，或頭上戴的帽子，或作試驗用的器具，總會跟他搗亂；於是他不能繼續工作。世界上好像沒有給他預備下一個可愛的東西，一個順眼的地方，一個可以交往的人；他只看他自己好，而人人事事和樣樣東西都跟他過不去。不是他作不出成績來，是到處受人們的排擠，沒法子再作下去。比如他剛要動手作工，旁邊有位先生說了句：「天很冷啊！」於是他的腦中轉開了螺絲：什麼意思呢，這句話？是不是說我剛才沒有把門關嚴呢？他沒法安心工作下去。受了欺侮是不能再作工的。早晚他要報復這個，可是馬上就得想辦法，他和這位說天氣太冷的先生勢不兩立。

他有時候也能交下一兩位朋友，可是交過了三個月，他開始懷疑，然後更進一步去試探，結果是看出許多破綻，連朋友那天穿了件藍大衫都有作用。三幾個月的交情於是吵散。一來二去，他不再想交友。他慢慢把人分成三等，一等是比他位分高的，一等是比他矮的，一等是和他一樣兒高的。他也決定了，他可以成功，假如他能只交比他高的人，不理和他肩膀齊的，管轄著奴使著比他矮的。

「人」既選定，對「事」便也有了辦法。「拿過來」成了他的口號。非自己拿到一種或多種事業，終身便一無所成。拿過來自己辦，才能不受別人的氣。拿過來自己辦，椅子要是成心搗亂，砸碎了兔崽子！非這樣不可，他是熱心於改良農事的；不能因受閒氣而拋棄了一生的事業；打算不受閒氣，自己得站在高處。

有志者事竟成，幾年的工夫他成了個重要的人物，「拿過來」不少的事業。原先本是想拿過來便去由自己作，可是既拿過來一樣，還覺得不穩固。還有斜眼看他的人呢！於是再去拿。越拿越多，越多越複雜，各處的椅子不同，一種椅子有一種氣人的辦法。他要統一椅子都得費許多時間。因此，每拿過來一個地方，他先把椅子都漆白了，為是省得有汙點不易看見。椅子倒是都漆白了，別的呢？

他不能太累了，雖然小藥老在袋中，到底應常珍惜自己；世界上就是這樣，除了你自己愛你自己，別人不會關心。

他和鐵牛有好幾年沒見了。

正趕上開農業學會年會。堂中坐滿了農業專家。臺上正當中坐著病鴨，頭髮挺長，臉色灰綠，長嘴放在胸前，眼睛時開時閉，活像個半睡的鴨子。他自己當然不承認是個鴨子；時開時閉的眼，大有不屑於多看臺下那群人的意思。他明知道他們的學問比他強，可是他坐在臺上，他們坐在臺下；無論怎說，他是個人物，學問不學問的，他們不過是些小兵小將。他是主席，到底他是主人。他不能不覺著得意，可是還要露出有涵養，所以眼睛不能老睜著，好像天下最不要緊的事就是作主席。可是，眼睛也不能老閉著，也得留神下邊有斜眼看他的人沒有。假如有的話，得設法收拾他。就是在這麼一睜眼的工夫，他看見了鐵牛。

鐵牛彷彿不是來赴會，而是料理自家的喪事或喜事呢。出來進去，好似世上就忙了他一個人了。

有人在臺上宣讀論文。病鴨的眼閉死了，每隔一分多鐘點一次頭，他表示對論文的欣賞，其實他是思索鐵牛呢。他不願承認他和鐵牛同過學，他在臺上閉目養神，鐵牛在臺下當「碎催」，好像他們不能作過學友；現在距離這麼遠，原先也似乎相離不應當那麼近。他又不能不承認鐵牛確是他的同學，這使他很難堪：是可憐鐵牛好呢，還是誇獎自己好呢？鐵牛是不是看見了他而故意的躲著他？或者也許鐵牛自慚形穢不敢上前？是不是他應當顯著大度包容而先招呼鐵牛？他不能決定，而越發覺得「同學」是件彆扭事。

臺下一陣掌聲，主席睜開了眼。到了休息的時間。

病鴨走到會場的門口，迎面碰上了鐵牛。病鴨剛看見他，便趕緊拿著尺寸一低頭，理鐵牛不理呢？得想一想。可是他還沒想出主意，就覺出右手像掩在門縫裡那麼疼了一陣。一抽手的工夫，他聽見了：「老李！還是這麼瘦？老李——」

病鴨把手藏在衣袋裡，去暗中舒展舒展；翻眼看了鐵牛一下，鐵牛臉上的笑意像個開花彈似的，從臉上射到空中。病鴨一時找不到相當的話說。他覺得鐵牛有點過於親熱。可又覺得他或者沒有什麼惡意——「還是這麼瘦」打動了自憐的心，急於找話說，往往就說了不負責任的話。「老王，跟我吃飯去吧？」說完很後悔，只希望對方客氣一下。可是鐵牛點了頭。病鴨臉上的綠色加深了些。「幾年沒有見了，咱們得談一談！」鐵牛這個傢夥是賞不得臉的。

兩個老同學一塊兒吃飯，在鐵牛看，是最有意思的。病鴨可不這樣看——兩個人吵起來才沒法下臺呢！他並不希望吵，可是朋友到一塊兒，有時候不由的不吵。腦子裡一轉彎，不能不吵；誰還能禁止得住腦子轉彎？

鐵牛是看見什麼吃什麼，病鴨要了不少的菜。病鴨自己可是不吃，他的筷子只偶爾的夾起一小塊鍋貼豆腐。「我只能吃點豆腐。」他說。他把「豆腐」兩個字說得不像國音，也不像任何方音，聽著怪像是外國字。他有好些字這麼說出來。表示他是走南闖北，自己另製了一份兒「國語。」

「哎？」鐵牛聽不懂這兩個字。繼而一看他夾的是豆腐，才明白過來：「咱可不行；豆腐要是加上點牛肉或者還沉重點兒。我說，老李，你得注意身體呀。那麼瘦還行？」

太過火了！提一回正足以打動自憐的情感。緊自說人家瘦，這是看不起人！病鴨的腦子裡皺上了眉。不便往下接著說，換換題目吧：

「老王，這幾年淨在哪兒呢？」

「——農場，不壞的小地方。」

「場長是誰？」

幸而鐵牛這回沒忘了——「趙次江。」

病鴨微微點了點頭，唯恐怕傷了氣。「他呀？待你怎樣？」

「無所謂，他幹他的，我幹我的，只希望他別撤換我。」鐵牛為是顯著和氣。也動了一塊豆腐。

「拿過來好了。」病鴨覺得說了這半天，只有這一句還痛快些。「老王，你幹吧！」

「我當然是幹哪，我就怕幹不下去，前功盡棄。咱們這種工作要是沒有長時間，是等於把錢打了水漂兒。」

「我是讓你幹場長。現成的事，為什麼不拿過來？拿過來，你愛怎辦怎辦；趙次江是什麼玩藝！」

「我當場長。」鐵牛好像聽見了一件奇事。「等過個半年來的，好被別人頂了？」

有點給臉不兜著！病鴨心裡默演對話：「你這小子還不曉得李老爺有多大勢力？輕看我？你不放心哪，我給你一手兒看看。」他略微一笑，說出聲來：「你不幹也好，反正咱們把它拿過來好了。咱們有的是人。你幫忙好了。你看看，我說不叫趙次江幹，他就幹不了！這話可不用對別人說。」

鐵牛莫名其妙。

病鴨又補上一句：「你想好了，願意幹呢，我還是把場長給你。」

「我只求能繼續作我的試驗；別的我不管。」鐵牛想不出別的話。

「好吧。」病鴨又「那麼」說了這兩個字，好像德國人在夢裡練習華語呢。

直到年會開完，他們倆沒再坐在一塊談什麼。從鐵牛那面兒說，他覺得病鴨是拿著一點精神病作事呢。「身體弱，見了喜神也不樂。」編好了這麼句唱兒，就把病鴨忘了。

鐵牛回到農場不久，場長果然換了。新場長對他很客氣，頭一天到任便請他去談話：

「王先生，李先生的老同學。請多幫忙，我們得合作。老實不客氣的講，兄弟對於農學是一竅不通。不過呢，和李先生的關係還那個。王先生幫忙就是了，合作，我們合作。」

鐵牛想不出，他怎能和個不懂農學的人合作。「精神病！」他想到這麼三個字，就順口說出來。

新場長好像很明白這三個字的意思，臉沈下去：「兄弟老實不客氣的講，王先生，這路話以後請少說為是。這倒與我沒關係，是為你好。你看，李先生打發我到這兒來的時候，跟我談了幾句那天你怎麼與他一同吃飯，說了什麼。李先生露出一點意思，好像是說你有不合作的表示。不過他絕不因為這個便想——啊，同學的面子總得顧到。請原諒我這樣太不客氣！據我看呢，大家既是朋友，總得合作。我們對於李先生呢，也理當擁護。自然我們不擁護他，那也沒什麼。不過是我們——不是李先生——先吃虧罷了。」

鐵牛莫名其妙。

新場長到任後第一件事是撤換人，第二件事是把椅子都漆白了。第一件與鐵牛無關，因為他沒被撤職。第二件可不這樣，場長派他辦理油飾椅子，因這是李先生視為最重要的事，所以選派鐵牛，以表示合作的精神。

鐵牛既沒那個工夫，又看不出漆刷椅子的重要，所以不管。新場長告訴了他：「我接收你的戰書；不過，你既是李先生的同學，我還得留個面子，請李先生自己處置這回事。李先生要是——什麼呢，那我可也就愛莫能助了！」

「老李——」鐵牛剛一張嘴，被場長給截住：

「你說的是李先生？原諒我這樣爽直，李先生大概不甚喜歡你這個『老李。』」

「好吧，李先生知道我的工作，他也是學農的。場長就是告訴他，我不管這回事，他自然會曉得我什麼不管。假如他真不曉得，他那才真是精神病呢。」鐵牛似乎說高了興：「我一見他的面，就看出來，他的臉是綠的。他不是壞人，我知道他；同學好幾年，還能不知道這個？假如他現在變了的話，那一定是因為身體不好。我看見不是一位了，因為身體弱常鬧小性。我一見面就勸了他一頓，身體弱，腦子就愛轉彎。看我，身體棒，睜開眼就唱。」他哈哈的笑起來。

場長一聲沒出。

過了一個星期，鐵牛被撤了差。

他以為這一定不能是病鴨的主意，因此他並不著慌。他計劃好：援據前例，第二天還照常來工作；場長真禁止他進去呢，再找老李——老李當然要維持老同學的。

可是，他臨出來的時候，有人來告訴他：「場長交派下來，你要明天是——的話，可別說用巡警抓你。」

他要求見場長，不見。

他又回到試驗室，呆呆的坐了半天，幾年的心血……

不能，不能是老李的主意，老李也是學農的，還能不明白我的工作的重要？他必定能原諒咱鐵牛，即使真得罪了他。什麼地方得罪了他呢？想不出來。除非他真是精神病。不能，他那天不是還請我吃飯來著？不論怎著吧，找老李去，他必定能原諒我。

鐵牛越這樣想越心寬，一見到病鴨，必能回職繼續工作。他看著試驗室內東西，心中想像著將來的成功——再有一二年，把試驗的結果拿到農村去實地應用，該收一個糧的便收兩個……和和平平的作了件大事！他到農場去繞了一圈，地裡的每一棵穀每一個小木牌，都是他的兒女。回到屋內，給老李寫了封頂知己的信，告訴他在某天去見他。把信發了，他覺得已經是一天雲霧散。

按著信上規定的時間去見病鴨，病鴨沒在家。可是鐵牛不肯走，等一等好了。

等到第四個鐘頭上，來了個僕人：「請不用等我們老爺了，剛才來了電話，中途上暴病，入了醫院。」

鐵牛顧不得去吃飯，一直跑到醫院去。

病人不能接見客人。

「什麼病呢？」鐵牛和門上的人打聽。

「沒病，我們這兒的病人都沒病。」門上的人倒還和氣。

「沒病幹嘛住院？」

「那咱們就不曉得了，也別說，他們也多少有點病。」

鐵牛托那個人送進張名片。

待了一會，那個人把名片拿起來，上面有幾個鉛筆寫的字：「不用再來，咱們不合作。」

「和和平平的做件大事！」鐵牛一邊走一面低聲的念道。

也是三角

從前線上潰退下來，馬得勝和孫占元發了五百多塊錢的財。兩把快槍，幾對鐲子，幾個錶……都出了手，就發了那筆財。在城裡關帝廟租了一間房，兩人享受著手裡老覺著癢癢的生活。一人作了一身洋緞的衣褲，一件天藍的大裌襖，城裡城外任意的逛著，臉都洗得發光，都留下平頭。不到兩個月的工夫，錢已出去快一半。回鄉下是萬不肯的；作買賣又沒經驗，而且資本也似乎太少。錢花光再去當兵好像是唯一的，而且並非完全不好的途徑。兩個人都看出這一步。可是，再一想，生活也許能換個樣，假如別等錢都花完，而給自己一個大的變動。從前，身子是和軍衣刺刀長在一塊，沒事的時候便在操場上摔腳，有了事便朝著槍彈走。性命似乎一向不由自己管著，老隨著口令活動。什麼是大變動？安穩的活幾天，比夜間住關帝廟，白天逛大街，還得安穩些。得安份兒家！有了家，也許生活自自然然的就起了變化。因此而永不再當兵也未可知，雖然在行伍裡不完全是件壞事。兩人也都想到這一步，他們不能不想到這一步，為人要沒成過家，總是一輩子的大缺點。成家的事兒還得趕快的辦，因為錢的出手彷彿比軍隊出發還快。錢出手不能不快，弟兄們是熱心腸的，見著朋友，遇上叫化子多央告幾句，錢便不由的出了手。婚事要辦得馬上就辦，別等到袋裡只剩了銅子的時候。兩個人也都想到這一步，可是沒法兒彼此商議。論交情，二人是盟兄弟，一塊兒上過陣，一塊兒入過傷兵醫院，一塊兒吃過睡過搶過，現在一塊兒住著關帝廟。衣裳襪子可以不分；只是這件事沒法商議。衣裳吃喝越不分彼此，越顯著義氣。可是倆人不能娶一個老婆，無論怎說。錢，就是那一些；一人娶一房是辦不到的。還不能口袋底朝上，把洋錢都辦了喜事。剛入了洞房就白瞪眼，耍空拳頭玩，不像句話。那麼，只好一個娶妻，一個照舊打光棍。叫誰打光棍呢，可是？論歲數，都三十多了；誰也不是小孩子。論交情，過得著命；誰肯自己成了家，叫朋友愣著翻白眼？把錢平分了，各自為政；誰也不能這麼說。十幾年的朋友，一旦忽然散夥，連想也不能這麼想。簡直的沒辦法。越沒辦法越都常想到：三十多了；錢快完了；也該另換點事作了，當兵不是壞事，可是早晚準碰上一兩個槍彈。逛窯子還不能哥兒倆挑一個「人兒」呢，何況是娶老婆？倆人都喝上四兩白乾，把什麼知心話都說了，就是「這個」不能出口。

馬得勝——新印的名片，字國藩，算命先生給起的——是哥，頭像個木瓜，臉皮並不很粗，只是七稜八瓣的不整莊。孫占元是弟，肥頭大耳朵的，是豬肉舖的標準美男子。馬大哥要發善心的時候先把眉毛立起來，有時候想起死去的老母就一邊落淚一邊罵街。孫老弟永遠很和氣，穿著便衣問路的時節也給人行舉手禮。為「那件事。」馬大哥的眉毛已經立了三天，孫老弟越發的和氣，誰也不肯先開口。

馬得勝躺在床上，手托著自己那個木瓜，怎麼也思索不透「國藩」到底是什麼意思。其實心裡本不想思索這個。孫占元就著煤油燈念《大八義》，遇上有女字旁的字眼前就來了一頂紅轎子，轎子過去了，他也忘了唸到哪一行。賭氣子不念了，把背後貼著金玉蘭像片的小圓鏡拿起來，細看自己的牙。牙很齊，很白，很沒勁，翻過來看金玉蘭，也沒勁，胖娘們一個。不知怎麼想起來：「大哥，小洋鳳的《玉堂春》媽的才沒勁！」

「野娘們都媽的沒勁！」大哥的眉毛立起來，表示同情於盟弟。

盟弟又翻過鏡子看牙，這回是專看兩個上門牙，大而白亮亮的不順眼。

倆人全不再言語，全想著野娘們沒勁，全想起和野娘們完全不同的一種女的——沏茶灌水的，洗衣裳作飯，老跟著自己，生兒養女，死了埋在一塊。由這個又想到不好意思想的事，野娘們沒勁，還是有個正經的老婆。馬大哥的木瓜有點發癢，孫老弟有點要坐不住。更進一步的想到，哪怕是合夥娶一個呢。不行，不能這麼想。可是全都這麼想了，而且想到一些更不好意思想的光景。雖然不好意思，但也有趣。雖然有趣，究竟是不好意思。馬大哥打了個很勉強的哈欠，孫老弟陪了一個更勉強的。關帝廟裡住的賣豬頭肉的回來了。孫占元出去買了個壓笸的豬舌頭。兩個弟兄，一人點心了一半豬舌頭，一飯碗開水，還是沒勁。

他們二位是廟裡的財主。這倒不是說廟裡都是窮人。以豬頭肉作坊的老闆說，炕裡頭就埋著七八百油膩很厚的洋錢。可是老闆的錢老在炕裡埋著。以後殿的張先生說，人家曾作過縣知事，手裡有過十來萬。可是知事全把錢抽了菸，姨太太也跟人跑了。誰也比不上這兒弟倆，有錢肯花，而且不抽大菸。豬頭肉作坊賣得著他們的錢，而且永遠不駁價兒，該多少給多少，並不因為同住在關老爺面前而想打點折扣。廟裡的人沒有不愛他們的。

最愛他們哥倆的是李永和先生。李先生大概自幼就長得像漢奸，要不怎麼，誰一看見他就馬上想起「漢奸」這兩個字來呢。細高身量，尖腦袋，脖子像顆蔥，老穿著通天扯地的瘦長大衫。腳上穿著緞子鞋，走道兒沒一點響聲。他老穿著長衣服，而且是瘦長。據說，他也有時候手裡很緊，正像廟裡的別人一樣。可是不論怎麼困難，他老穿著長衣服；沒有法子的時候，他能把貼身的衣襖當了或是賣了，但是總保存著外邊的那件。所以他的長衣服很瘦，大概是為穿空心大襖的時候，好不太顯著裡邊空空如也，而且實際上也可以保存些暖氣。這種辦法與他的職業大有關係。他必須穿長袍和緞子鞋。說媒拉縴，介紹典房賣地倒鋪底，他要不穿長袍便沒法博得人家信仰。他的自己的信仰是成三破四的「用錢」，長袍是他的招牌與浮水印。

自從二位財主一搬進廟來，李永和把他們看透了。他的眼看人看房看地看貨全沒多少分別，不管人的鼻子有無，他看你值多少錢，然後算計好「傭錢」的比例數。他與人們的交情止於傭錢到手那一天——他準知道人們不再用他。他不大答理廟裡的住戶們，因為他們差不多都曾用過他，而不敢再領教。就是張知事照顧他的次數多些，抽菸的人是愣吃虧也不願起來的。可是近來連張知事都不大招呼他了，因為他太不客氣。有一次他把張知事的紫羔皮袍拿出去，而只帶回幾粒戒菸丸來。「頂好是把菸斷了。」他教訓張知事，「省得叫我拿羊皮皮襖滿街去丟人；現在沒人穿羊皮，連狐腿都沒人屑於穿！」張知事自然不會一賭氣子上街去看看，於是躺在床上差點沒癮死過去。

李永和已經吃過二位弟兄好幾頓飯。第一頓吃完，他已把二位的脈都診過了。假裝給他們設計想個生意，二位的錢數已在他的心中登記備了案。他繼續著白吃他們，幾盅酒的工夫把二位的心事全看得和寫出來那麼清楚。他知道他們是螢火蟲的屁股，亮兒不大，再說當兵不比張知事，他們急了會開打。所以他並不勒緊了他們，好在先白吃幾頓也不壞。等到他們找上門來的時候，再勒他們一下，雖然是一對螢火蟲，到底亮兒是個亮兒；多吧少吧，哪怕只鬧新緞子鞋穿呢，也不能得罪財神爺——他每到新年必上財神廟去借個頭號的紙元寶。

二位弟兄不好意思彼此商議那件事，所以都偷偷的向李先生談論過。李先生一張嘴就使他們覺到天下的事還有許多他們不曉得的呢。

「上陣打仗，立正預備放的事兒，你們弟兄是內行；行伍出身，那不是瞎說的！」李先生說，然後把聲音放低了些：「至於娶妻成家的事兒，我姓李的說句大話，這裡邊的深沉你們大概還差點經驗。」

這一來，馬孫二位更覺非經驗一下不可了。這必是件極有味道，極重要，極其「媽的」的事。必定和立正開步走完全不同。一個人要沒嘗這個味兒，就是打過一百回勝仗也是瞎擘！

得多少錢呢，那麼？

談到了這個，李先生自自然然的成了聖人。一句話就把他們問住了：「要什麼樣的人呢？」

他們無言答對，李先生才正好拿出心裡那部「三國志。」原來女人也有三六九等，價錢自然不都一樣。比如李先生給陳團長說的那位，專說放定時候用的喜果就是一千二百包，每包三毛五分大洋。三毛五；十包三塊五；一百包三十五；一千包三百五；一共四百二十塊大洋，專說喜果！此外，還有「小香水」「金剛鑽」的金剛鑽戒指，四個！此外……

二位兄弟心中幾乎完全涼了。幸而李先生轉了個大灣：咱們弟兄自然是圖個會洗衣裳作飯的，不挑吃不挑喝的，不拉舌頭扯菠箕的，不偷不摸的，不叫咱們戴綠帽子的，家貧志氣高的大姑娘。

這樣大姑娘得多少錢一個呢？

也得三四百，岳父還得是拉洋車的。

老丈人拉洋車或是趕驢倒沒大要緊，「三四百」有點噎得慌。二弟兄全覺得噎得慌，也都勾起那個「合夥娶」。

李先生——穿著長袍緞子鞋——要是不笑話這個辦法，也許這個辦法根本就不錯。李先生不但沒搖頭，而且拿出幾個證據，這並不是他們的新發明。就是闊人們也有這麼辦的，不過手續上略有不同而已。比如丁督辦的太太常上方將軍家裡去住著，雖然方將軍府並不是她的娘家。

況且李先生還有更動人的道理：咱們弟兄不能不往遠處想，可也不能太往遠處想。該辦的也就得辦，誰知道今兒個脫了鞋，明天還穿不穿！生兒養女，誰不想生兒養女？可是那是後話，目下先樂下子是真的。

二位全想起槍彈滿天飛的光景。先前沒死，活該；以後誰敢保不死？死了不也是活該？合夥娶不也是活該？難處自然不少，比如生了兒子算誰的？可是也不能「太往遠處想」，李先生是聖人，配作個師部的參謀長！

有肯這麼幹的姑娘沒有呢？

這比當窯姐強不強？李先生又問住了他們。就手兒二位不約而同的——他倆這種討教本是單獨的舉動——把全權交給李先生。管他舅子的，先這麼幹了再說吧。他們無須當面商量，自有李先生給從中斡旋與傳達意見。

事實越來越像真的了，二位弟兄沒法再彼此用眼神交換意見；娶妻，即使是用有限公司的辦法，多少得預備一下。二位費了不少的汗才打破這個羞臉，可是既經打破，原來並不過火的難堪，反倒覺得弟兄的交情更厚了——沒想到的事！二位決定只花一百二十塊的彩禮，多一個也不行。其次，廟裡的房別辭退，再在外邊租一間，以便輪流入洞房的時候，好讓換下班來的有地方駐紮。至於誰先上前線，孫老弟無條件的讓給馬大哥。馬大哥極力主張抓鬮決定，孫老弟無論如何也不服從命令。

吉期是十月初二。弟兄們全作了件天藍大棉袍，和青緞子馬褂。

李先生除接了十元的酬金之外，從一百二十元的彩禮內又留下七十。老林四不是賣女兒的人。可是兩個兒子都不孝順，一個住小店，一個不知下落，老頭子還說得上來不自己去拉車？女兒也已經二十了。老林四並不是不想給她提人家，可是看要把女兒再撒了手，自己還混個什麼勁？這不純是自私，因為一個車伕的女兒還能嫁個闊人？跟著自己呢，好吧歹吧，究竟是跟著父親，嫁個拉車的小夥子，還未必趕上在家裡好呢。自然這個想法究竟不算頂高明，可是事兒不辦，光陰便會走得很快，一晃兒姑娘已經二十了。

他最恨李先生，每逢他有點病不能去拉車，李先生必定來遞嘻和。他知道李先生的眼睛是看著姑娘。老林四的價值，在李先生眼中，就在乎他有個女兒。老林四有一回把李先生一個嘴巴打出門外。李先生也沒著急，也沒生氣，反倒更和氣了，而且似乎下了決心，林姑娘的婚事必須由他給辦。

林老頭子病了。李先生來看他好幾趟。李先生自動的借給老林四錢，叫老林四給扔在當地。

病到七天頭上，林姑娘已經兩天沒有吃什麼。當沒的當，賣沒的賣，借沒地方去借。老林四只求一死，可是知道即使死了也不會安心——扔下個已經兩天沒吃飯的女兒。不死，病好了也不能馬上就拉車去，吃什麼呢？

李先生又來了，五十塊現洋放在老林四的頭前：「你有了棺材本，姑娘有了吃飯的地方——明媒正娶。要你一句乾脆話。行，錢是你的。」他把洋錢往前推一推。「不行，吹！」

老林四說不出話來，他看著女兒，嘴動了動——你為什麼生在我家裡呢？他似乎是說。

「死，爸爸，咱們死在一塊兒！」她看著那些洋錢說，恨不能把那些銀塊子都看碎了，看到底誰——人還是錢——更有力量。

老林四閉上了眼。

李先生微笑著，一塊一塊的慢慢往起拿那些洋錢，微微的有點錚錚的響聲。

他拿到十塊錢上，老林四忽然睜開眼了，不知什麼地方來的力量，「拿來！」他的兩隻手按在錢上。「拿來！」他要李先生手中的那十塊。

老林四就那麼爬著，好像死了過去。待了好久，他抬起點頭來：「姑娘，你找活路吧，只當你沒有過這個爸爸。」

「你賣了女兒？」她問。連半個眼淚也沒有。

老林四沒作聲。

「好吧，我都聽爸爸的。」

「我不是你爸爸。」老林四還按著那些錢。

李先生非常的痛快，頗想誇獎他們父女一頓，可是只說了一句：「十月初二娶。」

林姑娘並不覺得有什麼可羞的，早晚也得這個樣，不要賣給人販子就是好事。她看不出面前有什麼光明，只覺得性命像更釘死了些；好歹，命是釘在了個不可知的地方。那裡必是黑洞洞的，和家裡一樣，可是已經被那五十塊白花花的洋錢給釘在那裡，也就無法。那些洋錢是父親的棺材與自己將來的黑洞。

馬大哥在關帝廟附近的大雜院裡租定了一間小北屋，門上貼了喜字。打發了一頂紅轎把林姑娘運了來。

林姑娘沒有可落淚的，也沒有可興奮的。她坐在炕上，看見個木瓜腦袋的人。她知道她變成木瓜太太，她的命釘在了木瓜上。她不喜歡這個木瓜，也說不上討厭他來，她的命本來不是她自己的，她與父親的棺材一共才值五十塊錢。

木瓜的口裡有很大的酒味。她忍受著；男人都喝酒，她知道。她記得父親喝醉了曾打過媽媽。木瓜的眉毛立著，她不怕；木瓜並不十分厲害，她也不喜歡。她只知道這個天上掉下來的木瓜和她有些關係，也許是好，也許是歹。她承認了這點關係，不大願想關係的好歹。她在固定的關係上覺得生命的渺茫。

馬大哥可是覺得很有勁。扛了十幾年的槍桿，現在才抓到一件比槍桿還活軟可愛的東西。槍彈滿天飛的光景，和這間小屋裡的暖氣，絕對的不同。木瓜旁邊有個會呼吸的，會服從他的，活東西。他不再想和盟弟共用這個福氣，這必須是個人的，不然便丟失了一切。他不能把生命剛放在肥美的土裡，又拔出來，種豆子也不能這麼辦！

第二天早晨，他不想起來，不願再見孫老弟。他盤算著以前不會想到的事。他要把終身的事畫出一條線來，這條線是與她那一條並行的。因為並行，這兩條線的前進有許多複雜的交叉與變化，好像打秋操時擺陣式那樣。他是頭道防線。她是第二道，將來會有第三道，營壘必定一天比一天穩固。不能再見盟弟。

但是他不能不上關帝廟去，雖然極難堪。由北小屋到廟裡去，是由打秋操改成遊戲，是由高唱軍歌改成打哈哈湊趣，已經畫好了的線，一到關帝廟便塗抹淨盡。然而不能不去，朋友們的話不能說了不算。這樣的話根本不應當說，後悔似乎是太晚了。或者還不太晚，假如盟弟能讓步呢？

盟弟沒有讓步的表示！孫老弟的態度還是拿這事當個笑話看。既然是笑話似的約定好，怎能翻臉不承認呢？是誰更要緊呢，朋友還是那個娘們？不能決定。眼前什麼也沒有了。只剩下晚上得睡在關帝廟，叫盟弟去住那間小北屋。這不是換防，是退卻，是把營地讓給敵人！馬大哥在廟裡懊睡了一下半天。

晚上，孫占元朝著有喜字的小屋去了。

屋門快到了，他身上的輕鬆勁兒不知怎的自己銷滅了。他站住了，覺得不舒服。這不同逛窯子一樣。天下沒有這樣的事。他想起馬大哥，馬大哥昨天夜裡成了親。她應當是馬大嫂。他不能進去！

他不能不進去，怎知道事情就必定難堪呢？他進去了。

林姑娘呢——或者馬大嫂合適些——在炕沿上對著小煤油燈發愣呢。

他說什麼呢？

他能強姦她嗎？不能。這不是在前線上；現在他很清醒。他木在那裡。

把實話告訴她？他頭上出了汗。

可是他始終想不起磨回頭就走，她到底「也」是他的，那一百二十塊錢有他的一半。

他坐下了。

她以為他是木瓜的朋友，說了句：「他還沒回來呢。」

她一出聲，他立刻覺出她應該是他的。她不甚好看，可是到底是個女的。他有點恨馬大哥。像馬大哥那樣的朋友，軍營裡有的是；女的，妻，這是頭一回。他不能退讓。他知道他比馬大哥長得漂亮，比馬大哥會說話。成家立業應該是他的事，不是馬大哥的。他有心問問她到底愛誰，不好意思出口，他就那麼坐著，沒話可說。

坐得工夫很大了，她起了疑。

他越看她，越捨不得走。甚至於有時候想過去硬摟她一下；打破了羞臉，大概就容易辦了。可是他坐著沒動。

不，不要她，她已經是破貨。還是得走。不，不能走；不能把便宜全讓給馬德勝；馬德勝已經占了不小的便宜！

她看他老坐著不動，而且一個勁兒的看著她，她不由的臉上紅了。他確是比那個木瓜好看，體面，而且相當的規矩。同時，她也有點怕他，或者因為他好看。

她的臉紅了。他湊過來。他不能再思想，不能再管束自己。他的眼中冒了火。她是女的，女的，女的，沒工夫想別的了。他把事情全放在一邊，只剩下男與女；男與女，不管什麼夫與妻，不管什麼朋友與朋友。沒有將來，只有現在，現在他要施展出男子的威勢。她的臉紅得可愛！

她往炕裡邊退，臉白了。她對於木瓜，完全聽其自然，因為婚事本是為解決自己的三頓飯與爸爸的一口棺材；木瓜也好，鐵梨也好，她沒有自由。可是她沒預備下更進一步的隨遇而安。這個男的確是比木瓜順眼，但是她已經變成木瓜太太！

見她一躲，他痛快了。她設若坐著不動，他似乎沒法兒進攻。她動了，他好像抓著了點兒什麼，好像她有些該被人追擊的錯處。當軍隊乘勝追迫的時候，誰也不拿前面潰敗著的兵當作人看，孫占元又嘗著了這個滋味。她已不是任何人，也不和任何人有什麼關係。她是使人心裡癢癢的一個東西，追！他也張開了口，這是個習慣，跑步的時候得喊一二三——四，追敵人得不幹不淨的捲著。一進攻，嘴自自然然的張開了：「不用躲，我也是——」說到這兒，他忽然的站定了，好像得了什麼暴病，眼看著棚。

他後悔了。為什麼事前不計議一下呢！？比如說，事前計議好：馬大哥纏她一天，到晚間九點來鐘吹了燈，假裝出去撒尿，乘機把我換進來，何必費這些事，為這些難呢？馬大哥大概不會沒想到這一層，哼，想到了可是不明告訴我，故意來叫我碰釘子。她既是成了馬大嫂，難道還能承認她是馬大嫂外兼孫大嫂？

她乘他這麼發愣的當兒，又湊到炕沿，想抽冷子跑出去。可是她沒法能脫身而不碰他一下。她既不敢碰他，又不敢老那麼不動。她正想主意，他忽然又醒過來，好像是。

「不用怕，我走。」他笑了。「你是我們倆娶的，我上了當。我走。」

她萬也沒想到這個。他真走了。她怎麼辦呢？他不會就這麼完了，木瓜也當然不肯撒手。假如他們倆全來了呢？去和父親要主意，他病病歪歪的還能有主意？找李先生去，有什麼憑據？她愣一會子，又在屋裡轉幾個小圈。離開這間小屋，上哪裡去？在這兒，他們倆要一同回來呢？轉了幾個圈，又在炕沿上愣著。

約摸著有十點多鐘了，院中住的賣柿子的已經回來了。

她更怕起來，他們不來便罷，要是來必定是一對兒！

她想出來：他們誰也不能退讓，誰也不能因此拚命。他們必會說好了。和和氣氣的，一齊來打破了羞臉，然後……

她想到這裡，顧不得拿點什麼，站起就往外走，找爸爸去。她剛推開門，門口立著一對，一個頭像木瓜，一個肥頭大耳朵的。都露著白牙向她笑，笑出很大的酒味。

電子書購買

國家圖書館出版品預行編目資料

趕集：雖寫盡底層人物的疾苦，卻摻雜幽默諷刺在其中 / 老舍著 . -- 第一版 . -- 臺北市：崧燁文化事業有限公司 , 2023.06
面；　公分
POD 版
ISBN 978-626-357-356-7(平裝)
857.7　　112006471

趕集：雖寫盡底層人物的疾苦，卻摻雜幽默諷刺在其中

臉書

作　　者：老舍
發 行 人：黃振庭
出 版 者：崧燁文化事業有限公司
發 行 者：崧燁文化事業有限公司
E-mail：sonbookservice@gmail.com
粉 絲 頁：https://www.facebook.com/sonbookss/
網　　址：https://sonbook.net/
地　　址：臺北市中正區重慶南路一段六十一號八樓 815 室
Rm. 815, 8F., No.61, Sec. 1, Chongqing S. Rd., Zhongzheng Dist., Taipei City 100, Taiwan
電　　話：(02) 2370-3310　　　傳　　真：(02) 2388-1990
印　　刷：京峯彩色印刷有限公司（京峰數位）
律師顧問：廣華律師事務所 張珮琦律師

定　　價：350 元
發行日期：2023 年 06 月第一版
◎本書以 POD 印製